我的星期天和星期一
之间少了一天

[德]卡特琳·鲍尔范德 著　余荃 译

MIR FEHLT EIN TAG ZWISCHEN
SONNTAG UND MONTAG

图书在版编目（CIP）数据

我的星期天和星期一之间少了一天 /（德）卡特琳·鲍尔范德著；余荃译 . — 北京：北京联合出版公司，2016.12（2019.3 重印）
ISBN 978-7-5502-8829-4

Ⅰ.①我… Ⅱ.①卡… ②余… Ⅲ.①散文集－德国－现代 Ⅳ.① I561.65

中国版本图书馆 CIP 数据核字（2016）第 244242 号
北京市版权局著作权合同登记号：图字01-2016-4775

Originally published as: "Mir fehlt ein Tag zwischen Sonntag und Montag"
©S. Fischer Verlag GmbH, Frankfurt am Main 2014
Through Jia-xi Books Co., Ltd., Taipei.

我的星期天和星期一之间少了一天

作　　者：[德]卡特琳·鲍尔范德
出版统筹：新华先锋
责任编辑：夏应鹏
特约监制：王　铭　木易雨田
特约编辑：宋亚荟
版式设计：徐　倩
封面设计：王　鑫

北京联合出版公司出版
（北京市西城区德外大街83号楼9层 100088）
大厂回族自治县德诚印务有限公司印刷　新华书店经销
字数120千字　620毫米×889毫米　1/16　15印张
2019年3月第2版　2019年3月第2次印刷
ISBN 978-7-5502-8829-4
定价：59.00元

未经许可，不得以任何方式复制或抄袭本书部分或全部内容
版权所有，侵权必究
本书若有质量问题，请与本社图书销售中心联系调换
电话：010-88876681　010-88876682

我其实挺怕成为我们这一代人的典型：
拥有很多机会，可是最后仍然会觉得自己一事无成。
我们这一代的机会非常多，但与此同时，
　我们又总是感到生活充满失败。

目录 contents
>>>>

Chapter 01
星期一 现在开始说

这就是我 / 002

失败的戒烟经历 / 005

我行我素与随波逐流 / 012

关于喝酒、文身和穿刺 / 018

小城市和大城市 / 023

Chapter 02
星期二 爱的絮絮叨叨

不婚主义 / 028

婚姻的真谛 / 032

搁浅的锻炼计划 / 037

调整生物钟 / 043

我的怪癖 / 048

爱的叮嘱 / 056

到底要把哪些东西扔掉？ / 059

Chapter 03
星期三 生活其实就是这样

拖延症 / 068

听从内心的声音 / 071

电视行业的发展瓶颈 / 076

我的工作 / 080

明星和普通人 / 084

失败的市场调查 / 091

两周的班长生涯 / 096

Chapter 04
星期四 尴尬、混乱与现实

关于女权主义 / 100

完美离我有点儿远 / 107

性用品 / 114

给性爱打分 / 120

应对尴尬 / 125

学会说"不" / 131

Chapter 05
星期五 这就是我的选择

单身快乐 / 138

感情里的胡言乱语 / 143

分手节 / 152

简短的混乱 / 157

理想和现实 / 162

Chapter 06
星期六 时光总是过得飞快

30 岁和 20 岁的区别 / 170

朋友守则 / 174

再年轻一回 / 180

葡萄酒人生 / 184

自诊不可靠 / 190

杂志成瘾症 / 193

我的上帝 / 197

Chapter 07
星期天 那些回忆

快点，迅速，出发！ / 204

我的弟弟乔纳斯 / 209

真正的女人 / 214

生育和战争 / 220

失败的含义 / 223

采 访 / 227

Chapter 01

星期一 现在开始说

这就是我

一直以来,我都想把练习瑜伽的软件装在 Wii[1] 里。Wii 是一台小型电视游戏机,不是健身器材,但也还可以用。装了瑜伽软件后,我一个人就可以在 Wii 的引导下做瑜伽。当然,我也曾经尝试和朋友一起报名参加瑜伽俱乐部,可是当旁边的人把瑜伽垫放得横七竖八的时候,我怎么可能很好地专注在做瑜伽这件事情上!我就是接受不了任何东西摆放不整齐,追求规整一直以来就是我的怪癖,所以我根本无法和那些不讲究细节的人一起练瑜伽。

我下决心一定要找到办法,实现用游戏机练习瑜伽的目标。

---

[1] Wii:日本任天堂公司推出的家用游戏机。

很好，接下来的问题就是要给 Wii 的遥控器找电池。这个问题很容易解决，直接去拐弯处的小商店就能买到合适的电池，根本不需要专门去什么体育用品店。于是我穿上衣服，出去买了电池，刚买完我就意识到，我现在只有电池和遥控器，而没有 Wii，它被我扔在和前男友一起住过的房子里了，直到此刻我才明白，在恋爱这件事情上，我也是个彻彻底底的失败者……

这样一想我真是倒霉透了，为了扫除这一天的霉运，我打算去理个新发型，我想，新的总归会比旧的好点儿。我本来打算让理发师把我的头发染成自然一点儿的紫色，就是布莱克·莱弗利[1]去年染的那种发色。我把带着的照片给理发师看了看，理发师说，染成这样没问题。可是我又想了想，如果顶着一头紫发，我干什么事情都会不自在，比如去上学的时候。理发师这个职业是类似记者和联邦总统一样的特殊职业，不需要一定时间的培训就能上岗。

因此，可信性也一样。最后，我还是决定染成亮红色。这只是很平常的一个星期三，可我却染了一头惹眼的红头发。这就是我过的日子，被失败的阴霾紧紧围困着。

如果您认为，把这样的生活排成戏剧或者是写成一本书有点异想天开，那我猜您一定超过了四十岁。我其实挺怕成为我们这

---

[1] 布莱克·莱弗利，美国女演员，曾出演电视剧《绯闻女孩》。

一代人的典型：拥有很多机会，可是最后仍然会觉得自己一事无成。我们这一代的机会非常多，但与此同时，我们又总是感到生活充满失败。尽管我们的机会多得像基督降临节时市场上售卖的品种繁多的日历，可是最后还是会老套地选择把头发染成红色……

失败的戒烟经历

我15岁就开始抽烟了,关于我是如何从一个偶尔抽烟的人变成一个地地道道的烟鬼的,我并不准备在这里讨论,而且,我也不想讲自己和朋友一起抽烟的事儿,更不想谈抽烟后的事儿,只是想说说抽烟中间发生的事儿。

如果最近性生活持续时间太长的话,香烟里面的尼古丁就会让我特别难受。虽然我是一个忠实的万宝路[1]粉丝,但却没有收集过万宝路帽子版、牛头版、风景版、自由版和历险版,因为我的注意力只在抽烟这一件事情上。花钱买烟的时候,我往往会很大方,像个有钱人一样不在乎价格。和其他人比起来,我的烟瘾比较像赫尔

---

[1] 万宝路:知名香烟品牌之一。

穆特·施密特[1]。可能是我自己对过滤烟嘴有依赖，也有可能是我妈妈让我太早地断奶，无论是什么原因导致我吸烟，总之结果就是：我成了一个烟民。也许大部分人会觉得吸烟不是一件好事情，一般不吸烟的人都是持这一观点的。我不奢求能得到别人的赞赏和肯定，老实说，我完全不理解人们在谈论这个话题时，为什么一定要敏感地显露出紧张的情绪。

抽烟是损害健康的，这点毫无疑问，大部分烟民都活不长。可是"月有阴晴圆缺，人有旦夕祸福"，我认识的一个阿姨就在掷骰子的时候被骰子卡住了喉咙，差一点儿窒息而死。整件事的起因就是她和别人打赌，说她自己可以用嘴掷骰子。我中学时期的一个好友在跳高的时候撕裂了跟腱，而我的一个同事在健身中心不小心被杠铃绊倒，磕在了跑步机上。这些偶然事件表明，即便秉持健康的生活方式，仍旧避免不了突如其来的灾难。

人们会佩服那些玩高空跳伞的人，那些在赛车道上日复一日训练的赛车手，以及那些不用氧气罐就能登顶珠穆朗玛峰的登山爱好者，毫无疑问，所有的这些爱好和抽烟这个爱好没有区别，它们都对日常生活毫无意义，还充满危险，可是在大家的观念里，只有抽烟这个事情是不可接受的，是一个不应该有的坏习惯。

请您在指责我抽烟前好好想一想，虽然我抽烟，但是我并没有

---

[1] 赫尔穆特·施密特：德国社会民主党政治家，有名的吸烟者。

做那些可能破坏周围环境的事情，我没有携带武器，没有孩子，也没什么传染病，从未参加过名流晚宴或是和贝克曼[1]在一起。

我也曾数次想要戒掉烟瘾，可是每一次都毫无悬念地以失败告终，戒烟失败理所当然地成为我充满失败气息的生活中不可或缺的一部分。

我们看看那些名人是怎么做的，罗密·施耐德和玛琳·黛德丽抽烟，奥黛丽·赫本和碧姬·巴铎抽烟，贝蒂·戴维斯和维罗尼卡·费瑞尔抽烟，维罗尼卡还反对2001年的"全年无烟"活动。我们在这儿不谈希特勒，他不仅不抽烟，而且还是素食主义者。说了这么多，您理解我想要表达什么观点了吗？

根据欧盟的规定，香烟盒上的警示语的大小要放大，措辞要更犀利。我认为这根本不礼貌，我们从来没有发现超市鲜肉的外包装上印着一头怒发冲冠的牛，也没有看到过宜家的海报上印着一对坐在样板床上面红耳赤地吵架的夫妻，麦当劳的薯条包装上更是不会出现莱德·卡尔蒙特[2]的图像，那我为什么必须在抽烟之前看到这些劝阻我不要抽烟的话？

政府马上就要颁布条例，禁止在公共场所吸烟，我一点儿都不喜欢这个规定。我认为，既然你要出门到公共场所去，就要知道你

---

[1] 贝克曼：德国画家，其部分作品充满令人恐惧的形象。
[2] 莱德·卡尔蒙特德国前足球明星、著名商人，身形比较胖。

可能会碰到令自己不快的事儿,这不仅仅是大家去公共空间必须要面对的,也是它的意义所在,否则我们就体验不到新的东西,还不如老老实实待在家里。如果你还不认同我的观点,那就看看英国皇室近亲通婚所造成的结果吧,看看查理王子的样子。

举个例子,我个人特别讨厌行人在走路的时候,脑袋上戴个大大的耳机,我觉得那些吸引人的东西很有问题。另外,我还无来由地很讨厌日本旅游团,可是有时候,我还是不得不和那些戴着大耳机的日本人坐在一个咖啡厅里喝咖啡,而且他们就坐在我隔壁!有时候,有些日本人甚至会热心地给我讲法国电视台里都有哪些节目,或者是日本的女孩儿可以用自动售货机购买内裤等诸如此类的破事儿。但俗话说,好事儿和坏事儿总是结伴来临。如果政府制定法规,让我在公共场合排除一切遇到新鲜事物的可能性,只关注如何才能让我免受他人的打扰,那么政府这样的引导绝对是错误的。因此,我认为,吸烟也是人的基本权利之一。

从人类诞生之日起,我们就开始尝试着与大自然做斗争。或许第一个人类尝试过原地转圈,直到把自己转晕倒为止一类的蠢事。但是我相信,从人类学会使用火开始,就有了抽烟这项活动。我觉得那部在美国广受好评和推崇的《广告狂人》很是无聊,因为这部电视剧总是向大家暗示,以前的东西都是好的,里面甚至还有这样的片段:女医生在给孕妇做孕期检查的时候肆无忌惮地抽着烟,甚至还给准妈妈们点上了一根。

  当然，我们希望所有的人都能长命百岁、身体健康、快乐终老，可是这三个愿望有时候并不能同时实现。有的人可能长命百岁身体健康，却很不快乐，有的人可能很快乐，但不健康也不长寿。

  当然，我也不是说不抽烟的生活就没乐趣，其实我只是戒不了烟而已。生活中有争议的问题很多，比如应不应该给姑娘们打耳洞，这算不算是损害身体健康的行为；要不要硬性规定骑自行车的时候戴上头盔；该不该给酒类加价；要不要控制糖分的摄入且多做运动。这类有利于身体健康的讨论越来越多，尽管我们可能会因为注重健康而变得越来越强壮，可是却没有人说明，这些变化是为了什么。

  做这些事情的意义在于什么呢？拿电视机举个例子，现在的电视机越来越好、越来越清晰、越来越大、越来越智能，可是如果整天都是在电视上放《柏林的黑夜和标签》[1]，电视机就是再好又有什么用呢？智能机再高端，如果我们只是用它来问一句："嘿，你是不是也和我一样无聊啊？"那我们为什么要买它呢？

  现代人确实越来越聪明了，我们这一代人每个都受过高等教育、深入实践过、出过国、能够熟练地使用电脑。可是，如果我们最后只是在大学里谋了一个可有可无的职位，或是在亲戚的公司里当了

---

[1] 《柏林的黑夜和标签》（*Berlin Nacht und Tag*）：德国一档电视节目，对德国年轻人来说节目很无聊。

一个无足轻重的小职员，或者干脆做了服务生，那我们学会这么多技能又有什么用处呢？

顺便提一句：餐厅里禁止吸烟也是为了员工的健康着想。首先，餐厅里禁止吸烟能够让饭菜的香气从餐馆里飘出来，吸引更多的顾客；其次，禁烟可以帮助员工保住每小时的工资，让他们少浪费点儿钱在吸烟上。

我很清楚地知道，吸烟会损害我的健康。俗话说，多吸一支烟，少活三分钟。也许少活的这三分钟就是医生下病危通知的时间。可是即便是少活三分钟，对我来说也无关紧要。我并不想知道我的生命终结之前浪费了多少个三分钟，那可能是在收银台前排长队时浪费的，可能是和编导谈论电视节目的录制时浪费的，还可能是和那些想要和我解释爱是什么的人聊天时浪费的。换句话说，生活本身就是由无数个被浪费了的三分钟组成的，这样说来，既然都是浪费生命，那我把我的生命浪费在抽烟上，也算是顺理成章吧。

设想一下，你此时正站在"泰坦尼克号"轮船的甲板上，忍受了长时间痛苦折磨的你，终于成功地戒掉了烟瘾，突然，船撞上了冰山，你即将面对生命的终结。这时候，你一定会为把香烟扔进海里而后悔不已，并且深刻地理解加缪说过的一段话："我不理解我的朋友为什么会下定决心要戒除烟瘾，当然他的确做到了。但是，一天早晨，他打开报纸，看到了世界上第一枚氢弹爆炸成功的消息，为了庆祝这一伟大胜利,他马上冲出家门,跑到了离家最近的烟酒专卖店。"说明一下,加缪是法国著名哲学家,也是一个不折不扣的烟民,他死于交通事故,出事时正好坐在副驾驶的位置上。

吸烟使烟民沉迷在烟雾缭绕的世界里,烟雾随着吸烟者的吞吐进进出出,很快就消失不见。这是吸烟令人着迷的部分,可以说,吸烟没有烟雾就好像威士忌不含酒精一样无趣。在电影《卡萨布兰卡》里,如果男主角亨弗莱·鲍嘉用烟膏代替香烟,那电影的效果绝不会有那么好!

吸烟让我们人类区别于动物,这句话不是出自赫尔穆特·施密特、加缪或是任何一个名人,而是我自创的。(读者读到这里请不要鼓掌——这是一个很严肃的话题。)

我行我素与随波逐流

年轻人总是喜欢追求个性,想方设法做一些离经叛道的事儿,让自己显得鹤立鸡群、与众不同。可是,等长大之后我们才发现,自己和那些戴着别致礼帽的英伦绅士,或是喜欢套着过膝T恤衫的个性青年一样,都免不了要在大众宜家超市里购买大家都喜欢买的书籍。个性是一件很难坚持到底的东西。所谓"高处不胜寒",越个性,越孤独。

举个例子,如果大街上只有你一个人把头发染成了粉色,毫无疑问,你就是最特别的那个。最开始穿丝袜的那个人也是这样,只是现在大街上到处都是穿肉色丝袜的女士,"丝袜女郎"已经无法称得上特别了。特立独行可能会给别人带来一定程度上的困扰,但这种困扰并不会造成太大问题。即使是那些看起来十分个性的"朋克一族",我也从没见他们中的任何一个选择横向的莫西干发型的,他们只留纵向的。

个性要有限度,而保持个性是要付出代价的。我的一位女性朋友总结我的个性时说:"我认识的人里面,没有一个像你一样,从来不想用个性的衣着突出自己。"

我把她的评价权且当作赞美。当然,我并不是故意要给别人留下无趣的印象。我只是觉得,总有这么一类人,他们不情愿说一些哗众取宠的话来吸引眼球,只想安静地活在自己的世界里。很幸运,我就是这类人中的一员。现如今,人们追求与众不同的方法简直层出不穷,这着实令我大开眼界。明星们在红毯上穿的衣服越来越出格,为什么?为了借助礼服一鸣惊人吗?在某场活动中,比约克扛着死天鹅出境,嘎嘎小姐身着鲜肉礼服,这两位可以称得上是真正的个性明星。好在,同样出席的娜迪拉、麦克和卡特琳娜依旧保持着自己的风格。

有时候我们也会幻想,自己的内心深处或许有一天不经意地迸发出了一个想法,一个百分之百的独特创意,绝对没有雷同版本。

我就曾经梦想拥有一辆大众牌公共汽车。尽管这想法听起来很可笑,但在那个时候,我就是一门心思想要成为第一个拥有一辆大众牌公共汽车的人。受一档电视节目的启发,我相信只靠一辆公共汽车，就可以在三周时间里完成一次巴尔干之旅。我幻想自己一个人带着5000欧元搭上这趟公共汽车，开始梦幻般的旅行。法国、海岸、大海、篝火、吉他、星空、草地，所有的元素结合在一起，而身处其中的我抽着法国高卢香烟，湮没在一片"自由万岁"的标语中。自由，就是一无所有的代名词。法国，我来了！

　　头脑发热的我一时冲动，一意孤行地买下了一辆公共汽车。售车员向我讲述如何给车加油、加气和加水的时候，我根本就没认真听，因为我知道，我可能一辈子都用不着这些知识，到了法国我就会忘得一干二净。就这样，我收拾好行囊，驾驶着我的爱车，就此踏上了旅途。

　　虽然我的车只是T3系列，但是它依然令我很满意。深蓝色车身，中间涂着几条浅蓝色条纹，白色高车顶，四个挡位，马力60，没有伺服器、安全气囊和车载收音机，1983年生产。幸运的是，这辆老爷车最关键的组件还没有生锈，能够很好地行驶在路上。方向盘和卡车方向盘一样大，这让我感觉自己仿佛在驾驶着一辆路虎[1]！我哼着儿童歌曲，一会儿是《三个中国人拿着一把低音提琴》，一会儿是《为爱伤心不值得》，一会儿又换成了完整版的《乡村路》。

　　驾车行驶到距离科隆20公里的地方时，我第一次感觉到寂寞无聊。这个地点距离法国、距离大海还很遥远。这时候，最好的消

---

[1] 路虎：著名的英国越野车品牌。

遣就是抽烟了,因为烟总是能消磨漫长旅途的苦闷。我刚要点烟,就想起了售车员叮嘱我的话:"千万不能在车里抽烟,抽烟有可能对车的零件和储气瓶有损害!"尽管如此,我行我素的个性还是占了上风,我决定把售车员的叮嘱抛到脑后,自己预估一下可能造成的损害。车上厨房那儿有几条裂痕,我不确定那几条裂痕后面藏着什么,假设香烟头没能扔出车外,而是被吹回了车里,又恰巧掉进了那几条缝隙里,缝隙里又存放着储气瓶、电器等危险品……如果真发生这样的事情,恐怕在到达法国北部之前,我就要永远地留在这条 A3 高速路上了。

虽然我准备好要冒一定的风险,但还不至于真的要豁出性命。我还是听从售车员的建议,把车停在服务区,和其他卡车司机一起抽了一会儿烟。抽完烟,我重新上车,看了看时间,才知道自己已经在路上行驶 1 个小时了。这时我不急于赶路了,因为路上的风景也很迷人,我甚至想,如果我抬头从车顶望出去,说不定能看到科隆大教堂的尖顶呢。我终于渐渐地静下心来。

短暂休息后,我再次上路,高速路上的风力开始增强。高高的车顶被风一吹,整个车都开始摇摇晃晃,幸好其他车道上没有车。车在强风的阻力下艰难前行,我深恨自己肌肉不够发达,不能稳住方向盘。我越来越控制不了我的车,而且此时的最高时速不超过 60 公里,连载重 7.5 吨的卡车都追不上。我与其继续开,倒不如抽根烟,只是，我已经完全没有心情抽烟了，再停到服务区里去？不！我只有一周的时间，我要好好利用这有限的时间，全都用来欣赏法国大海的美景，才不想把时间浪费在服务区里抽烟呢。

那时为什么觉得坐公共汽车是件浪漫的事儿呢？我不禁回想起曾经的巴尔干之旅——一个由我主持的旅游节目，对电视台来说那是一个非常棒的节目！但事实上，电视台不仅欺骗了观众，也欺骗了那些想干实事的人。在节目里，我并不是一个人完成三周的巴尔干之旅的——我坐在副驾驶位置上闲聊，电视台里摄制组的司机悠闲地开着车，一直开到伊斯坦布尔。我聊累了，就会有摄制组的人为我放平椅子，让我睡上一觉。用煤气灶煮一杯咖啡？摄制组有现成的。做一顿饭？摄制组也有现成的。旅途中我唯一要做的事情就是：坐在车里（当然，有时也抽烟）。

回到现实，我把手中准备点燃的烟扔出了窗外。安全和随心所欲不可兼得。驾车如此，生活亦然。这时候我要是再一意孤行的话，立刻就会在这条 A3 高速路上丢掉性命，但是管它呢，我还要在电视上大喊："又一个电视明星诞生了！"（那些名不见经传的明星在报纸上被统称为"电视明星"。）不可否认，这样的行为确实很个性，但是仍然掩饰不了它肤浅的本质。

两个小时过去了，我又向前行驶了 50 公里，随后当机立断地停在一个汽车旅馆里，打了个"求救"电话："嗨，你刚才在干什么呢……方便的话,你能不能把我的小车送到拉斯霍夫佛恩塔尔汽车旅馆……"

一个小时后,我驾驶着自己的小车,以每小时180公里的车速驶向意大利。

我认为,在T3之后开发新的车型是很必要的,至少车速要更快,质量也要更好。从那次旅行后,我再也没有开过那辆公共汽车。然而,当朋友们讲述他们旅行去米利茨湖和加尔达湖的激动心情时,我就又会变成一个对自由生活充满向往的追求者。

事实上,就在我此次的旅行后,报纸上恰好登出了这样的标题"今年要怎么过假期:开大众牌公交车去旅行吧"。这时候我终于意识到:我行我素的自由生活根本不适合我。

关于喝酒、文身和穿刺

随着时光流逝,我开始和妈妈在某些问题上拥有了一样的观点。就在我的想法改变后,我遇见了本篇故事的主人公。

一次我正在酒吧喝酒,突然有位男士走过来,问我:"你有文身吗?"我说:"没有。"他似乎很惊讶,又问道:"真的没有吗,一个都没有?"

我本想这样回答他:"等等,我想想看。如果那也算是文身的话,我应该是有一个。我身上有个十五子棋[1]文身。这个文身很有用,最起码我无聊的时候还可以玩玩它,尽管它在很显眼的地方,却不是每个人都能注意到! 有时候,我自己都会忘了我有个文身。当然,

---

[1] 十五子棋:又叫西洋双陆棋,一种在棋盘或桌子上走棋的游戏。

除了这个,应该是没有别的文身了。"

当然,我不会像上面那样回答,我只会淡淡地说一句:"没有,一个都没有。"而且还是以颇为骄傲的态度。如果我妈妈知道我用骄傲的态度回答了这个问题,估计她会表现出更骄傲的姿态,因为她一直很反对文身,而现在,我终于变得和她一样了。这是一件很有意思的事情,好比一个征服者赢得了战争,而被征服者却心存感激,愉快地接受了胜利者的文化,就像是"二战"结束之后,德国人对美国文化的态度。

15年前,文身完全是遭人唾弃的!身上有文身的人会被异样的目光包围。但对16岁的小姑娘来说,如果自己有文身和耳洞,那将是一件非常酷的事情。

那时候,我的朋友卡拉很想在身上弄个文身,可一直找不到合适的图案。因为文身要跟随人们一辈子,所以我们必须想清楚再决定。她在公园里玩山地自行车时,不经意间看到了柏林电视塔。直到现在,她也无法忘怀自己看到电视塔时的激动心情,"一看到它我就知道,没错,就是它了!"

她把电视塔纹在了左腿上。塔身略宽,小巧精致,很有艺术气息。亚历山大广场被涂成了彩色:红色、绿色、黄色、蓝色交织点缀,塔上还有燕子飞过。现实生活中只有小孩子才喜欢画燕子,所以文身师只好参考小孩儿画笔下的燕子形象,把它们一只又一只地文在了卡拉的腿上。我必须实事求是地说，这位文身师的绘画水平完全赶不上画家莱昂纳多·达·芬奇。在过去，柏林电视塔毫无争议地被当作柏林的标志性建筑，但如今再看，却显得有些不合时宜。用柏林电视塔来表达对柏林的喜爱，就如同"八〇后"穿着一件有垫肩的衣服一样奇怪，虽然有垫肩的衣服在金·贝辛格[1]那个时代很流行，但现在压根儿就不会有人想把它们穿在身上。但是，文身这个东西完全是个人的自由，旁人不能评价说："哎哟，你脚上的文身真难看，快去把它洗掉！"所以，当我看到卡拉腿上的电视塔文身时，我只能小心翼翼地问："现在还觉得这枚电视塔文身很漂亮吗？"或者换一种问法，"有没有觉得这个文身看起来有那么一丁点儿的幼稚？"当然，你说这话的时候，也要掂量一下自己和朋友的熟络程度，你们的友谊能不能经受得住这类言语的冲击。2013年的时候，卡拉的品位变得略微正常了一点儿，她越来越看不惯自己的文身了："我的天，这简直太难看了！""我记着15年前看这文身还行啊，为什么现在看起来这么丑？尤其是……这些可笑的燕子！"

是的，她真是太后知后觉了。就算是作为她的好朋友，当她从我面前走过去的时候，我也忍不住像别人一样，笑话她那滑稽的文身。我不会告诉她文身真的很丑，当然，我也不会说自己内心多么

---

[1] 金·贝辛格：1953年出生的美国演员、模特。

渴望她能问问我对她的文身的看法，尽管我没有开口，可是我心里就是这么想的。

现在，我想要解释自己没有文身的原因容易得很，我可以说自己很早就知道没必要追赶文身的风潮，也可以说我16岁的时候就知道，过了几十年后电视塔文身会非常可笑。但事实上，我可不是先知。我不文身的理由极其简单——我不能文身，也可以说，我被禁止文身。16岁的时候，我回到家和我的父母说，自己周围的同学都有文身，只有我没有，他们会因此而笑话我的。但父母完全无法理解，和同学好好相处这件事儿怎么会和在屁股上文身有关系呢？所有的父母都会不厌其烦地对你说，我们现在阻止你文身是为你好，你将来会感激我们的。如果你准备去文身，立刻就会听到父母的念叨："在你未满18岁以前，一切都要听我们的！"可是，这恰恰是我年轻的时候最讨厌听到的话了！每次听到这类话，我都在心里暗暗发誓，自己这辈子都不会忘记文身的事情，以后也不会为这件事感激父母。

我曾经还想和父母商量，希望他们能允许我打舌钉，因为打舌钉是件很时髦的事儿。去迪斯科跳舞的时候，那些有舌钉的女孩儿总能在合适的机会炫耀，她们向其他女孩儿展示自己的舌头，立时就会引起大家的惊呼，受到关注和追捧。而且，那些打着舌钉的女孩子特别受男孩子的青睐，因为舌钉会让情侣们在深吻的时候更为享受。打舌钉的女孩子之所以受欢迎，就是因为她们有舌钉，没有了舌钉，她们和普通人没什么区别，所以我一定要打舌钉！不出我所料，当我把这个想法告诉父母以后，得到的是他们不屑一顾的表情。"所有人都打舌钉的，妈妈！"我说，但妈妈冷静地问："所有人是谁啊？你一个人就能代表所有人？"我说这话的时候确实没有考虑过，如果所有人都想打舌钉，那会是一件多么糟糕的事情。我当然不能代表所有人！"求求你了，妈妈！"我不厌其烦地给妈妈解释舌钉是个什么东西，为什么一定要有舌钉，以及我为什么一定要打一个舌钉。听完了我的长篇大论，妈妈沉默了一会儿，这让我看到了希望。可是我等来的并不是许可，而是"然后呢？给你的肝上打个洞，或是在肾上穿个孔"，以及一个轻松又骄傲的笑容。

　　两杯啤酒下肚，我看到对面坐着的男士肩头文了一个汉字"勇"。他告诉我，这个文身是他在佛罗里达州旅游时，一个墨西哥人给他文的，当时可供选择的文身还有"酸甜鸭"，当然，肩膀上文一个"勇"字看起来正常一点儿（他本来想在另外一个肩膀上文上"Hel"字样，然后给他未来的儿子起个名字叫"Helmut（赫尔穆特）"，说这些话的时候，我们正在喝第三杯酒）。他告诉我，他还想文一个骷髅头，问我要不要一起去文一个，还断言说我一定会喜欢的。我回答说："然后呢？给你的肝上打个洞，或是在肾上穿个孔？"说完这些，我轻松又骄傲地微微一笑，这是妈妈说过的话。你是好样的，我的妈妈！

小城市和大城市

阿伦市是我出生的地方,是德国巴登符腾堡州的一个城市。有时候我会想,我要是不在阿伦出生那该多好。然而,光想是没有用的:我就是一个地地道道的阿伦人,我在这个地方生活了20年,这里有我的初吻、我的初恋、我的初夜(当然不是按我说的这个顺序发生的)、我上过的中学、我的朋友和我喜欢去的咖啡厅。生活就是这样,人们总是习惯用自己从小就形成的视角来观察和衡量整个世界,把人按照地域进行划分:你是德国人,我是阿伦人。就像狗和它的主人会越来越像一样,生活在同一地域里的人也会逐渐同化。但我可以不断地暗示自己,我实际上是纽约人,只是在阿伦暂住,之所以会那么像阿伦人,是因为人会逐渐受居住环境的影响。

阿伦位于斯图加特和乌尔姆之间,有著名的德国古界墙温泉和施瓦本冶炼厂,有为数不多的意大利人,可以买到日本寿司,有17个咖啡馆里供应"雨果"咖啡,所有的咖啡馆里都有无线网络供顾客使用。这里还有天文台、爵士音乐节、舒伯特奖和音乐学校。阿伦在匈牙利和法国都有结盟的友好城市,像世界上所有居住在小城市的人一样:越关注大地方,越显出你生活的地方小。阿伦没有格拉德贝克那种特色绑架剧,也不像莱格德市和拉姆施泰因市那样,发生过震惊欧洲的大事故。在阿伦,从来没有类似的大灾难发生过,实际上,连个把小事也没有,大家的生活总是那么平静,而这样的平静让我迫切地想要离开这个地方。

我坐在常去的那家咖啡店里,观察窗外行色匆匆的人们,我不禁问自己,如果继续生活在这个城市,我会变成什么样子?会不会变成他们中的一员,在说话时带点儿施瓦本方言口音?现在的我只有在特别困或喝醉酒的时候,说话才会带点儿施瓦本口音,大部分时候我还是说标准德语的。

如果我继续在这儿生活下去,我的口音就会越来越重,最后就会严重影响我与本地区以外的人的正常交流。

"马格特,在市场上买个东西把你的客厅墙糊一下,不会花多少钱的!要选举市长了,埃尔顿·约翰不应该出现在足球场里的绿草地上,那会过度吸引大家的注意力!他应该出现在报纸上才更合理!"[1]

方言听起来很难懂,而且说方言的人也很少,这也是联邦总统每年都要用标准德语而不是方言来说新年祝词的原因。

如果有人来拜访我,他会先跟我打个招呼:"卡特琳,告诉我,你最近怎么样啊?"我回答说:"我最近采访过俄罗斯政治家米歇尔·戈尔巴乔夫……"然后我就会得到一个和我的话毫无关系的回答:"你听说了吗,卡尔·海因茨得了癌症,病情很严重,他刚刚才买了一套新厨房用具。"[2]

阿伦这个城市很闭塞,没有大型企业的分公司。尽管这样,大家还是对生活充满期待,比如"奔驰车、去美国、买个大房子……"还有其他的吗?难道在阿伦过一个令人满意的生活,比不上在柏林过着充满抱怨的日子吗?

小地方的时间流逝得很慢,即便你过去的十年都是在刚果过的,十年后再回到阿伦生活,你也不会感觉到任何不适应。阿伦也有科技公司,这里的人也会在星巴克里点一杯卡布奇诺。阿伦的汽车协会成员比同性恋成员多,或许明年,第一家奶茶店就会开始营业……

现在,我旁边站着一个"九〇后"女孩儿,她穿着白色登山裤,

---

[1] 此处为施瓦本方言。
[2] 本段对话均为施瓦本方言。

上面缝着大大小小好多口袋，十分显眼，甚至都能透过白色的裤子看见缝口袋的线头。上身穿着一件露腰上衣，外面披着一块看起来像是钩织的黑色桌布，一直垂到屁股下边，头发还被染成了蓝黑色。即便是"九〇后"，这样的装扮也有些过火，除非你是唱歌的凯蒂·佩里或者是搞艺术的人。她站在桌子旁，一边抽烟，一边和旁边的一位男士聊天，这位男士一看就是那种在夏天会穿运动凉鞋配袜子和格子汗衫的人，不过这只是我的个人猜想，现在还不是夏天，他只是穿了一件格子汗衫和一条牛仔裤，还有一双棕色的平底鞋，抽着小雪茄。

　　过了一会儿，这位格子汗衫男士的朋友也走了过来，把头凑到他的肩膀上说道："你身上臭烘烘的，是穿了一身臭雪茄吗？"这位朋友的话引来周围人的一阵笑声。好笑吗？我不觉得。如果我继续留在家乡，难道我也必须学会接受这样的幽默吗？还有那奇怪的裤子？

　　为什么家乡是一个能够让你兴高采烈地待上两天之后，又抱着急切的心情想要离开的地方呢？呵，臭雪茄！

Chapter 02

星期二 爱的絮絮叨叨

不婚主义

我结婚也许会是这样的：首先，新郎是一个地地道道的施瓦本人或者是来自附近地区的人。他的名字叫什么对我来说无关紧要，反正无论如何他都会有个名字，或许还是个奇怪的名字。选秀节目里那些选手的名字就非常奇怪，有叫阿迪的，也有叫哈梅德的，还有叫门得勒思的，甚至有叫达达娜的。如果我结婚的话，有可能嫁给一个叫塞巴斯蒂安、亚历山大或者克里斯蒂安的人。

其次，办婚礼最重要的是我们给宾客们寄送的婚礼请柬，按照我的想象，请柬上面应该贴着三张照片或是一张打印出来的照片拼图。一张是我们这对新婚夫妇亲吻的照片，一张是运动照，剩下那张可以贴上滑雪照。这样的话，我们就能向每一个收到请柬的宾客传递这样的信息：这就是我们！我们很相爱，我们拥有共同的爱好。在这些照片下面还要用这样的字体写上：

我们互相信赖……

后面这几个点非常重要，它能够传递出一种很庄重且意犹未尽的感觉，一个点接着一个点。

请柬的内页是具体的内容，比如结婚证书和邀请语。结婚仪式可以在一个小教堂里举行，教堂虽然不大，但是很漂亮，有封闭的蔷薇园，宾客们参观完仪式就可以在院子里喝香槟。我希望把香槟酒摆在高脚桌上，还要配上浪漫的淡黄色桌布，周围绑着小蝴蝶结。

在这个美丽的蔷薇园里，我们要照很多婚礼照片：我丈夫从背后环抱着我，或者用手把我托起来，摄影师必须快速按下快门，毕竟我和裙子的重量都不轻。这些照片两周以后就会出现在婚纱摄影师的展示窗里，再加上一张摄影师的背影出现在我的画像后面的照片。

我穿着一件就连茜茜公主都要羡慕的裙子，裙摆相当大，能够藏得住五个孩子，下面还有纱料做衬托，这样华丽的一件结婚礼服看起来似乎很不实用，但没关系，婚纱设计师可以在里面缝上方便用手提起裙摆的拉环。婚礼当天，我会从下午4点开始就一直提着裙子，除此之外，我还要戴着超过肘部的长手套，上面装饰着亮晶晶的小石头，所有的人都会惊叹：多么美丽的新娘啊，我将会大放异彩！婚礼那天就是我人生中最美丽、最珍贵的一天。

随后的婚宴在酒店举行。停车场里，亲朋好友们早已准备妥当，只等我们的出现。证婚人给了我们惊喜，随后我们放飞了气球，而每位来宾都按要求，在明信片上写上我们的地址以及他们对我们婚姻的祝福，所有人都跳起来照了一张合照。

酒店的大门上有一个粉红色的环儿，证婚人给我们递上了剪刀，让我们把它剪断，在场的所有人都在鼓掌，我们微笑着向大家挥手，直到走进酒店里。

婚礼蛋糕是亲戚为我做的，除此之外，朋友们还给蛋糕里面加了不少料，有特制的、家常的、秘制的。"你应该尝尝安雅的暴风蛋糕[1]，是她奶奶做的，简直是世界上最好吃的暴风蛋糕了！"我们还会提供过滤咖啡。

为了让等候晚餐的时间显得不那么漫长，朋友们开始玩游戏。他们轮流向我和我的丈夫提问题，我和我丈夫必须背对背回答，我们对对方有多熟悉？谁更会理财？谁比较爱乱放东西？谁穿着裤子？当我俩的答案不一致的时候，就会惹得宾客们哈哈大笑。我的

---

[1] 暴风蛋糕：德国的一种蛋糕，糕体上的奶油并不抹平，像被暴风吹过一样凌乱，上面会撒上一些其他的料。

伴娘们排了一出新版的舞剧《王者之舞》，所有人都大喊"再来一个"和"脱衣服"。我丈夫所在的足球俱乐部的人写了一首诗，还大声地把诗念了出来。快5点的时候，强尼架起了他的电子琴，他想要让婚礼更加热闹。

终于到了晚餐时间，晚餐是自助餐，有鸡蛋面、烧烤、大碗的蔬菜沙拉，我们还贴心地在沙拉上放了美味的奶白色沙拉酱，麦茨格·麦尔烤的肉最好吃，萨斯亚和弗兰克的手艺也不容小觑，大家都很尽兴。晚餐过后是婚礼舞会，强尼弹奏着电子琴为大家伴奏，我和我的新郎跳了一曲由他自己改编过的维也纳尔兹。我很庆幸自己上过舞蹈课，这样至少不会在回顾自己的婚礼录像时感到丢脸。

年长的宾客跳最后一曲，强尼弹奏了三首经典迪斯科曲目，一首七十年代、一首八十年代、一首九十年代的。

当《我会活下去》这首歌的旋律一响起，在场的所有宾客都走进了舞池。

我们一直狂欢到凌晨4点，我困得直打瞌睡，必须要睡上一觉了。我敢打赌，我的证婚人肯定在床上塞了气球，婚礼之夜就这样过去了，我困倦极了，我那不知道叫塞巴斯蒂安、亚历山大还是克里斯蒂安的丈夫也醉倒了。

我能把我的婚礼设想得这么好，也是一件很了不起的事儿，当然更棒的是，我压根儿就不用去如此庆祝我的婚礼。

婚姻的真谛

我们从 16 岁就开始想象,自己未来会变成什么样子,会不会捏着一包薯条蜷缩在沙发里,一只手还端着一杯啤酒?

最糟糕的情况莫过于这样:我穿着老虎打底裤和小熊毛衣,窝在福利房的沙发上,四个调皮的小男孩儿在周围上蹿下跳,闹得家里鸡犬不宁。为了能看一看电视上播放的节目,我必须大声喊叫,命令他们安静一点儿。而最好的情况也许是,朋友萨拉嫁给了影星莱昂纳多·迪卡普里奥,而玛丽嫁给了接招合唱团的马克·欧文,他曾经在电视节目上说过"我爱你",作为他的妻子,电视机前的玛丽很笃定,这句话就是为她说的。

也许这个时候,我会放弃晚一点儿再结婚的想法,因为我意识到，结婚是遵循自然法则的一种选择，就像新生命来到这个世界上一样不可阻挡。那些顺应自然发生的事情是我们无法抗拒的，没有了这些，我们反而会觉得生活很不自在。我们会在生日的时候收到礼物，在过节日的时候看见漂亮的节日盛景，所有该发生的一切，只要顺其自然地发生就好。

我已经记不起来我的婚礼是什么样子的了，也记不起我是如何穿着白纱裙走向婚姻的殿堂的。小时候的我和其他女孩子有些不同，她们会打扮自己的芭比娃娃，给玩具穿上用餐巾纸做的白色裙子，并且规划一个梦想中的婚礼现场。然而，那时候的我从没做过类似的事。我有一张1992年的狂欢节照片，照片上所有的女孩子都戴着小皇冠，梳着美丽的新娘发型，穿着洁白的婚纱礼服，而我则穿着丝质睡衣，戴着蓝色帽子，和这一群美丽的公主形成鲜明的对比，整张照片里就我最不和谐！公主们当然觉得我这样很难看，为了避免成为大家的眼中钉，我给自己找了一个非常冠冕堂皇的理由：我根本就不想当什么公主，谁愿意成为睡美人那种一直醒不来，只能等王子来救她的公主！那样的生活太无聊了，我才不愿意做这样的蠢事。

到了现在这个年龄，曾经身穿公主裙的女孩子都已经嫁作人妇，玛丽没有如她所愿地嫁给接招合唱团的马克·欧文，而是与一个普通得不能再普通的狂欢节歌手订婚了。萨拉和霍尔格结婚了，这个小伙子和莱昂纳多·迪卡普里奥完全相反，如果非要比一下的话，他们之间的差异就像豆腐和肉这两种食物之间的差别。可是这并不影响萨拉将在秋天举行自己的婚礼。

老实说,我很喜欢婚礼,但这并不意味着我想给自己办一场,它对我来说,就像是冲浪或者是在卡拉 OK 里唱歌一样,是一个我很乐意看到别人做主角,而我自己只需要旁观就好的活动。

过去两年我参加过很多女性聚会,还有六七场婚礼,这些婚礼几乎成了女士们的天下,她们亲密至极,至少在庆典当天如此。婚礼是女人一生中最美丽的一天,这一天的婚纱质量至少要在哈雷德·格雷科勒[1]设计的衣服之上,当然也不必奢华到路德维希二世[2]的地步。婚礼现场到处都是小蝴蝶结、薄纱、泡泡、心形的贴纸、小点心、粉红色物件和玫瑰花。肥皂泡和丝绸做成的花瓣是最近的流行元素,成为现场必不可少的装饰品。新娘的婚纱礼服比新郎的礼服更加用心。这样的场景当然会使女孩子们羡慕不已,在她们还没谈恋爱的时候,就已经开始设想自己的婚礼了。就算已经长成了大姑娘,女孩儿们却还是和小时候一样,热衷浪漫的婚礼。当然也不排除有些女孩子的喜好发生了改变。德国人平均办一场婚礼的花费约为 15000 欧元,而德国人的年收入平均下来为 33000 欧元,也就是说,婚礼对于大部分人

---

[1] 哈雷德·格雷科勒:德国著名服装设计师,以设计华贵闪亮的衣服而出名。
[2] 路德维希二世:维特尔斯巴赫王朝的巴伐利亚国王,以对艺术的狂热追求而著称。

来说不仅仅是最美丽的一天，也是最昂贵的一天。

婚礼是一场金钱堆成的演出，人们把求婚声明登在报纸上，或是拍个求婚视频上传到视频网站上。有一种职业叫婚礼策划，他们可以为任何人提供订制服务。德国的结婚登记处反对新人在国外的沙滩上举行大型婚礼，或者是进行奢侈的海底婚礼，但这并没有什么用。为了让自己的婚礼与众不同，有的人会让婚礼持续整个周末，足足两天的时间，让前来参加婚礼的宾客们忍不住猜测婚礼的花销。不过，婚姻持续多长时间才能让这样的婚礼回本呢？仔细算算，至少要到银婚（结婚25周年）才能赚回来。

德国人一直在追求完美的婚礼。但在我看来，如果把婚礼的重头戏放在了最开始，这场婚礼还有什么看头呢？那么，什么时候开始典礼最为合适呢？

在我的观念里，两个人能够举办婚礼，共同走进婚姻的殿堂，一定是基于他们之间的爱情和他们想要共度余生的信念。或许这个想法很老派，但是我认为这些才是基础。虽然我并不想成为公主，但在婚姻的意义这点上，想法还是有些浪漫情怀的。

我听到的很多婚礼誓言都这样说："我不需要很多人的关心，只需要我的爱人的关爱。"所以，你看，有一个强烈的结婚意愿是很重要的，这会促使爱人向彼此敞开心扉，共同分享未来的幸福。至于婚礼，排场小一点儿其实也挺好，这避免了新人们在举办婚礼之前就过早地兴奋起来。当然，我赞同小型婚礼也许是缘于自私的心理——我不想与别人分享我的幸福。

我不是反对结婚的支持者，我只是不相信永远。虽然我们不能断言根本没有永远，但却不得不承认永远是一个很难达成的目标。生活中，有一半的婚姻都不能走到最后。如果空难的发生概率也像婚姻失败的概率一样高达50%，那么汉莎航空公司早就破产了。尽管事实如此残酷，人们还是执拗地相信婚姻能够持续到生命的终结。走入婚姻的男男女女们，理所当然地认为他们一定会与另一半幸福地生活，直到永远。难道我们想要和爱人天长地久的想法很天真吗？或者这根本就只是一种美好的愿望？

一切事情都会遵循过犹不及的原则，无论蕾哈娜的新写真集、基民盟的竞选宣传还是爱情。承诺越隆重，这条规律就越会无可争议地显现出来。越来越盛大的婚礼和越来越高的离婚率不刚好证明了这一点吗？也许我们只是想通过婚礼这种方式来求得心理上的安慰，就像在安静的森林里吹响喇叭一样——弄出的动静越大，就会越快地消弭我们的恐惧。

我会一直考虑这个问题，直到有一天想结婚为止。也许大家结婚并不是因为对结婚这个事情已经有了清晰的概念，只是刚好对一个人有感觉，想和对方生活在一起而已。到了这个时候，他就会对她说："嫁给我吧……"就是现在！

搁浅的锻炼计划

跨年夜注定手忙脚乱,这是个定律。烟花必须要在新年到来的一瞬间点燃,而烟花一经点燃就会像离弦的箭一样飞上天空,这个时间可不好把握。对新手来讲,为跨年夜做准备一定是一次难忘而痛苦的经历——叼着快要燃尽的香烟哆哆嗦嗦地站在室外的寒风里,扳着手指头计算,还有多长时间才能敲响新年的钟声。同样的情形也会出现在体育赛事上,因为运动是一件你必须全身心投入,却失败率很高的活动。

自从妈妈为我报名参加了健身俱乐部,并且亲自接送监督我后,锻炼就成为我生活的一部分。我必须决定自己采取什么样的方式进行锻炼,当然,关键是我必须有时间,更关键的是,我还要有兴趣。

同时满足时间和兴趣的事情很少，而在这个健身俱乐部，我只需要花很少的钱就能练出好身材，简直太划算了。一个月花三盒烟的钱就能每天去锻炼，价钱真的很公道。16个月后，我加入了一个健身俱乐部，可是总共才去了三次。

也许优惠的价钱不是优点，反而是问题所在。如果我去一个每个月的花费抵得上房租的三分之一的健身俱乐部，即便我没有兴趣运动，也会逼迫自己每周至少去两次。

健身俱乐部是失败案例聚集的地方，它就是靠着那些偶尔才出现的挂名会员赚钱的。当大家意识到这一点的时候，已经太晚了，退出健身俱乐部可不像退出基督教教会那么简单。为了退会，我去医院找了三次医生，假装自己背疼，最后终于拿到了医生开的证明，这才成功退会。不幸的是，后来我还真的患上了背疼的毛病。

有了这次经历后，我决心换一种锻炼方式——慢跑。这是一种自由锻炼，不需要监督，随时随地从家门口就能开始，算得上是一项老少咸宜的活动。然而，每当我看到有些人的慢跑姿势的时候，我不禁会想，如果我跑步也是他们这样的姿势，我宁愿选择骑自行车锻炼。而且，我居住在城市里，绕着高楼大厦跑来跑去会非常无趣，不仅没有一点儿田园气息，还要在马路边上充当免费吸尘器，这样的锻炼毫无用处。看起来，慢跑也不是一个好选择。我讨厌慢跑。

慢跑作为一项很孤独的运动，跑步者就像是一个移动的木桩子。

当然你可以在跑步的时候听音乐。可是适合跑步听的音乐不会像爱情电影中的配乐一样，可以完美地契合场景。跑步横穿科隆城的时候应该听什么歌儿呢？BAP乐队[1]的歌？科隆当地乐队的歌儿？就算歌曲找对了，但跑步又不像舞蹈的时间那么长，路边的风景往往一眨眼的工夫就过去了，甚至都来不及反应，风景就又换了。

此外，跑步的确称不上是一个可以让人享受的过程。刚开始还好，渐渐地，你就会觉得呼吸困难，像是穿了束身衣一样难受，胸口闷闷的，脚步也越来越沉重，这是典型的缺镁的症状。这样的症状让我开始担心，慢跑会损害我的健康。我真不明白，为什么会有人说慢跑是有益于健康的？

中途休息的时候，我的脸色很差，大口喘着气。不巧的是，刚好有一个熟人迎面走了过来，我马上屏气凝神，装作很轻松，避免让他看到我狼狈的样子。一碰到熟人，我就要屏气，这让我的胸口更痛了。不断的恶性循环几乎击垮了我，我简直要疯了。难道无休止无目的地跑步、机械地为了跑步而跑步是正确的吗？虽然道路就是目标，但这目标也不应该是跑步本身吧。何况慢跑可不是一项完全没有花费的运动。

首先，至少要买一双自己看得上的慢跑鞋。虽然我不愿意在没用的东西上花钱，但为了慢跑，我甚至买了两双运动鞋，以便应对

---

[1] BAP乐队：用科隆方言唱歌的德国乐队。

不同的天气。刚开始我雄心勃勃、跃跃欲试，下定决心即便下着瓢泼大雨也一定要坚持跑步。此外，我还置备了一件特别棒的上衣——又透气又防雨的那种，以及一块能测时间、速度、里程、脉搏和卡路里的手表。运动袜当然买了那种舒适、吸汗的棉袜，天冷时候需要穿的夹克和帽子也挑好了。如此齐全的装备让我看起来很专业。

我每两天跑一次，中间剩下的那天用来休息，让身体缓一缓，适应锻炼的节奏，这是一个参加过半程马拉松比赛的朋友告诉我的。我这位朋友接受过整套的马拉松体能和耐力训练，所以我很认真地采纳了他的建议，并且借鉴了他的训练计划。随后，我成功地坚持了下来，一月份的计划全都执行了，经过一个月的锻炼，我竟然能一口气跑上半个小时，而刚开始的时候我只能跑五分钟。到二月份的时候，我竟然练出了健美的小腿，线条看起来非常漂亮，我高兴极了，见人就展示一下，也不管人家愿不愿意看。此时，我不用装作我是一个运动型的人，因为我已经是一个运动型的人了。

两个月的时间里，我始终坚持每隔一天就跑一次，严格按照计划监测脉搏，这样规律的生活让我有一种掌控自己人生的感觉，这实在是太美妙了！就像每天早上能够6点钟准时起床一样的感觉。这让我相信人能够战胜自己的惰性，只要坚持锻炼自己的毅力就可以。

我根本没想到，接下来会发生这样的事情，也许是跑的时间太长了,也许是下雪天太多了,反正我也记不清了,我只知道,从某一天开始,自己的跑步计划被打乱了,由刚开始的隔一天变成了隔两天、隔三天,不知不觉,春去夏至,不跑步的理由又多了一个:太热了,在这样热的天气里跑步一点儿都不健康。这样说吧:借口越找越多,惰性越来越大,直到无法控制。

半程马拉松训练计划被我遗忘了,它被丢在门边的抽屉里长达半年时间,每次我打开抽屉的时候,它都仿佛在提醒我,这里曾经有个想要慢跑锻炼身体的愿望。"我要不要再重新开始……"我对自己说,可是最终,我还是放弃了这个想法,把训练计划扔进了垃圾堆。当然,我的运动鞋也难逃备受冷遇的厄运,只能终日孤独地躺在鞋柜里无所事事。

剩下的半年里我简直懒惰到了极致,恐怕世界上再找不到比我更懒的人了,当然,除了纽约的自由女神像。不知不觉到了十月份,我不得不承认,自己的跑步锻炼计划完全失败了,并且总结说,体育锻炼就是一件特别枯燥的事情,不是每个人都适合。德国前外交部长费舍尔曾经跑过马拉松,可是他现在看起来只能坐着轮椅进酒窖了。而历史上第一个跑完全程马拉松的人,最后也可以说是以失败告终的,他从马拉松跑到了雅典,大喊一声"我们胜利了",然后倒地而死。

在运动的过程中,你会发现很多失败的案例。胜败乃兵家常事,也可以说，胜败乃运动常事。没有走到终点，并不意味着你运动的目的没有达到。相反的是，没有达到终点往往是运动项目中不可或缺的一部分。如果在竞技运动中每个人都能坚持到达终点，那么竞技运动就失去了它的趣味性。"飞人"乔丹曾经说过："我的职业生涯中有9000多次投失，近300场比赛的失利，26次被信任去做最后一投，但未能成功。我总是一次又一次地失败。这便是我成功的原因。"

衡量运动是否成功的标准，并非只能以最后的成败做依据。尽管我没有完成半程马拉松的训练计划，可是经过这一段时间的锻炼，我能够用"无人能及"的速度从我家跑到路口的小报亭。如果我以这样的速度去参加市区内短程赛跑的话，无疑会取得不错的成绩。在我看来，经过那段时间的训练，我已经成为短程赛的大师级选手了。我的身体适应了这类日常运动。在去小报亭的路上我突然意识到，其实我的计划想对我说，它觉得我就是个浑蛋，一点儿都不顾及它的感受。一瞬间，我觉得我们之间建立了一种莫名的联系，但是谁都不清楚这种联系究竟是什么。也许，有朝一日，我们两个又会因为运动而被紧密联系在一起。

调整生物钟

　　我的生活是另一种形式的失眠,也就是说,只有在我醒着的时候,我的生活才能正常继续。我的睡眠质量相当好,从来没有被失眠这个问题困扰过。

　　一旦我躺下睡觉,就会睡很久,通常是十到十二个小时,这对我来说是极其容易的事。当然了,如果有人像我一样,把一天里一半的时间都用来睡觉,那他就必须妥善安排自己醒着的时间,让一切更有效率。如果把我每天用在睡觉上的时间加起来,那将完全符合我奶奶的一句睡觉名言:"人生的一半时间都是这么睡过去的。"也许这一半是人生中糟糕的一半呢?但如果不是糟糕的一半那怎么办,有没有嗜睡者自救的组织?即便有这个组织,估计我也会在大家开会的时候睡过去,等睁眼的时候,一大半的会议时间都过去了。是什么导致嗜睡的呢?是我的血压出了问题,还是内循环出了问题?也许这两方面的问题我都有,大部分1980年以后出生的人都有这两方面的问题,因为我们是缺乏锻炼的一代(参看上一章节)。

也有人能够起得和早点师傅一样早,并且还能保持心情愉快、兴致高昂地开始新一天的生活。我本人当然不属于这一类,硬逼着我早起的话,我就会像个梦游的人,身体起来了,灵魂还睡着,到处晃荡。要变成早起的鸟儿,我认为需要花很长的时间来调整作息,否则,在现在这种状态下要求我早起,根本没有任何意义。

刚醒来的时候,我的语言细胞还睡着,说出来的话多是含混不清的。比如妈妈问我:"亲爱的,你要喝杯咖啡吗?"我的回答是:"嗯呀哪哼。"翻译成正常的语句就是:"当然了,真是个多余的问题,给我来一大杯,加奶!"

也许,我嗜睡的原因不是血压有问题。也许,睡觉就是一种演练,让我可以在生命终结时从容地躺进棺材里。因为菲力普·马罗[1]曾经说过:"当生命走到终结,你就会敲开长眠的大门。"

睡眠让整个世界安静下来,回归到最初的样子。我意识到,我的身体每一天都要和"就这样睡下去"的想法战斗,因为睡觉本来就是每个人与生俱来的生理需求。对我来说,在"保持清醒"这场

---

[1] 菲力普·马罗:作家雷蒙·钱德勒创造的虚构人物。

战斗中失败后，最直观的结果就是睡觉。

我一直对精力极其充沛的人持怀疑态度，他们一天只睡四个小时，刚睡醒就去健身房锻炼两个小时，然后开始在国际大公司里疯狂地工作，晚上去弹钢琴，还能把其他家庭成员照顾周到。我根本不相信有这样的人，我要是有这么多的能量，可能早就烦死了。我从厨房走到浴室都要磨叽半天，有这些时间，米丽娅姆·梅克尔[1]都能再获得个客座教授职位，再写一本关于"职业枯竭"的书了。

我无法想象，像默克尔总理那么忙的人会如何安排自己每天的生活，早上7点就要开始拯救欧元，9点为德国汉诺威消费电子信息及通信博览会开市，11点在联邦议会里演讲，还要时刻警惕那些别有用心的政敌给自己下绊子。

一方面，我对她安排得如此紧凑的生活感到惊讶；另一方面，我也十分困惑，也许，很多国家大事都是在国家领导人长期睡眠不足的情况下解决的。而我的睡眠是一个对抗的过程，并非对抗清醒，而是对抗无休止睡下去的冲动。哪怕外面的世界天翻地覆，也丝毫不影响我呼呼大睡。

如果我在小学的时候，能够晚两个小时上学，那对我的智力发展可能特别有好处。相比解二项式方程，我更喜欢吃意大利面。直到现在，我还不知道化学上的渗透是什么意思。对我来说，与其把

---

[1] 米丽娅姆·梅克尔：德国最年轻的教授，工作狂。

时间浪费在化学课上，还不如直接去睡觉。我没记错的话，在我长达十三年的求学生涯中，每一天都是在巨大的压力下开启的。每天早上，我都要被妈妈吼醒，有一天我问妈妈，为什么每次她叫醒我都是用吼的，妈妈回答说："在你听见我吼你起床之前，我已经叫了你7次了，而且是很努力地叫了你7次！"

我总是在早上上第一节课之前的20分钟才起来，我并不是故意要把时间搞得这么紧张，也不是故意不遵守学校的纪律，我只是起不来而已。我的生物钟总是不停地变化，就像我那忽大忽小的鞋号一样。我从来没有准时到过学校，不过幸运的是，我总是能够得到善意的对待：从来没有老师和同学批评或嘲笑我迟到，他们也从不尝试让我改正这个毛病。

发展到现在，我甚至不敢在早上10点钟之前与别人约会，因为我怕自己睡过头，小时候上学迟到十分钟，会让人觉得很酷，而且只需要漫不经心地对老师说："我睡过头了。"如果长大了还用这样的理由来解释迟到，别人就会认为这个人很不可靠，或者认为这个人比较随性。我永远都不可能去找一个要在早上7点钟就去上班的工作，而且还必须日复一日年复一年地早起，简直不可想象！和妈妈分开住之后，我最大的担忧就是早上听不到她吼我起床的声音，为此，我不得不定三个闹钟或者靠朋友按我门铃把我叫醒。最夸张的一次是，朋友打了38通电话，再加上三个闹铃同时响起才叫醒了我。

　　我还买过一个超级闹钟,它真的名副其实,每次响起都像一辆卡车驶进了卧室。它发出的声音和卡车一模一样,每天早上我的闹铃不仅能叫醒我,也能吵醒隔壁的邻居。

　　我认为,如果大家睡觉的时间都长一点儿,那这个世界会更和谐的。睡懒觉虽然是我的大问题,可我并不认为这是件坏事。如果晚上都用来睡觉,而不是去酒吧,那将会避免非常多酒吧暴力事件的发生。睡意正浓的状态下,人们不可能从玉米里提炼出汽油来。要是大家都喜欢呼呼大睡而非恐怖暴力的话,有多少战争不会发生!从手持利器到享受软枕,这不正是走向和平的道路吗?多睡觉,就能实现和平了。

我的怪癖

每个人都有怪癖,有些人所谓的个性其实就是由众多的怪癖组合而成的。

以前大家一起吃饭的时候,有什么菜就吃什么菜,很少有人挑剔,可现在请朋友们吃一顿饭,简直比盖幢楼都麻烦,菜品得一个一个精挑细选才行,有的不吃蘑菇,不喜欢蘑菇黏糊糊的口感,有的对绿色的蔬菜有心理阴影,还有的对鱼肉过敏。协调到最后,只能点一个匹萨、买些榛子巧克力饼干。有时候我会想,自己可能是朋友圈里唯一一个没有怪癖的人,可是后来发现,我也是有怪癖的,只是我已经逐渐学会了如何与自己的怪癖和睦相处。

下面就说说我的怪癖:

怪癖 1——不要警察

奶奶走进房间对我说："你要是不听话的话，我就打电话叫警察叔叔了。"她想用这种方式来管教 5 个外孙。但是，一般情况下，这句话的威慑力持续不了 5 分钟，孩子们就又会打闹起来。奶奶用这样老套的方法管了孩子们 5 年。小孩子当然也不傻，如果大人总是用这样的借口来威胁孩子，而警察叔叔却一次也没来过，孩子们就不会再相信这样的谎言了。没有警察叔叔的威胁，孩子们就更没有理由要听话了。

我奶奶是农民，当她发现用警察叔叔不起作用了之后，她就从鸡窝里抓了只鸡，对孩子们说："谁要是不听话，今天晚上我就把这只鸡放在他的被窝里！"奶奶用鸡代替了警察。这只鸡在奶奶的手里扑棱着翅膀使劲挣扎，过了一会儿还抽搐了起来，一次、两次、三次，然后安静了，死了，伴随着凄厉的叫声。奶奶可真够狠的，孩子们调皮一点儿很正常，把一只死鸡放在被窝里就有点儿太夸张了。用这样的手段惩罚孩子以后，他听话了，那么原谅他的方式是，再把死鸡拿出来？这恐怕不太好吧！至少动物保护协会是反对这种做法的。

奶奶这样的教育方法只能算作家法，当然不会受到国际法庭的审判，但是被这样惩罚过的我却得了禽类恐惧症。所有身上长毛的动物都会令我非常难受，鸡带给我的恐惧感就像是老鼠和蜘蛛带给一般女士的恐惧感一样,让我惊声尖叫,心理恶心到了极点。任何词语都不足以描述我对这种动物的厌恶感。也许是因为鸡那笨拙的脚步、扭曲的抽搐,以及濒临死亡时像死鱼一样的眼神。或许这不是鸡的问题,是奶奶的错。我只有被逼到极点的时候才会吃鸡。全家人都知道我这个弱点,所以他们都喜欢在吃饭的时候学鸡叫来吓我,当然,这种方法很奏效,我立即就会恶心得吃不下饭。

　　小的时候,一到放假我就会去乡下玩儿,每次遇见一群鸡向我涌来,我就"嗖"地一下蹦到大人们的身上,让他们背着我走,因为这时候的我已经吓傻了,根本不敢走路。有一次,我和同学一起骑自行车去伊斯坦布尔一家饭店里吃饭,进了饭店的院子才发现那里养了一群鸡,到处都是鸡,我根本无处下脚,不得不骑在自行车上在院子里转了两个小时,而我的同学则悠闲地去享用美食了。还有一次与鸡的相遇发生在奥地利,我正在慢跑,突然看到前面路上一只鸡笔直冲我而来,我以"迅雷不及掩耳之势"逃离了现场,这是我有史以来跑得最快的一个2000米。

　　怪癖2——我是一只乌龟!

　　我必须小声地说这句话,不是因为这句话听起来不礼貌,而是怕别人偷听。当然,我不是什么保密人员,也没有什么监听设备。八卦消息我总是最后一个才知道,也从来没有打听过美国军方的秘密，不认识任何一个共济会会员，并且聚会时一直坐在最远的那个位置。

我打电话的时候总是特别小心，很长时间以来，我都有着这样的担忧：我不能在电话里讲重要的事情，万一有人窃听了怎么办？在美国国家安全局监听事件发生之前，我就已经有了这样的担忧。那时候没有人相信我，都对我的猜想嗤之以鼻，说我是杞人忧天。大家会说，你一个普通人哪里有什么了不得的秘密！是啊，我并没有什么见不得人的秘密！我没有在地下室里藏匿尸首，至少藏的不是真的尸体，可是这也不需要让所有人都知道啊！

除此之外，我甚至还有妄想症的某些症状，通过对邻居的长期观察，我发现邻居家有一个屋子常年晚上不开灯。此外，我总是觉得有人每天趴在窗户边监视着我，这并不是无稽之谈，因为我实实在在地看见过监视我的那个人。当然，我不是东德人，也只看过一次《窃听风暴》[1]而已。因此，我也不知道这个感觉是从何而来的。这不应该是奶奶的脚步声造成的错觉啊，或许是麻雀的影子吧。

另外一个房间比我的房间高，我估计，那个房子里住的人会很容易就能看到我在干什么。尤其是晚上的时候，因为我没有挂窗帘。某些媒体曾经报道过——我也进行过调查——那些没挂窗帘的人，

---

[1] 《窃听风暴》（*Das Leben der Anderen*）：讲述了一名东德国安局情报员在侦查过程中逐渐改变立场，反而开始保护他的侦查对象的故事。

实际上是默许别人偷窥和用照相机记录他的生活的。如果监视我的人在监视的过程中丝毫不觉得无聊的话，那简直就是个奇迹了。因为我既不在家裸奔，也不做什么宗教仪式，不虐待小动物，更别提什么特殊爱好了。

　　监视我在家的私人生活，就像是在动物园里给乌龟拍电影一样无聊。但是好奇心会促使大家去干任何事情，和这件事本身刺激不刺激没有一点儿关系，在 **YouTube**（视频网站）上上传一段熊猫打喷嚏的视频，估计会比默克尔演讲的视频点击量大，这还是在被拍的人是默克尔的情况下。我不禁想问，为什么被监视的是我？我猜想，可能是工业间谍想要从我这儿得到些什么有价值的信息吧。我手里有能够证明这个猜想的证据，证据如下：

- 软管里的番茄酱

　　番茄酱、色拉油和芥末无疑是西方文明史中最棒的发明了。但是如何包装它们却令我们颇费脑筋。最简单的方法就是把番茄酱装在瓶子里，可是装在瓶子里有个问题难以解决，那就是你要用力地抖动瓶子，番茄酱才能出来，有时候还需要使劲拍瓶底，但这不能保证番茄酱会出来。用刀子伸到瓶子里去刮，像触电一样抖瓶子，番茄酱还是沾在瓶子里，就像打开阿拉丁神灯一样，需要一个咒语才能解决。真是太糟糕了，为什么不能像色拉油和芥末一样，也把番茄酱装在软管或是塑料管里？这完全就是一个市场的空白。不信的话，你可以去超市看看，到底是不是这样的……

- 判断力

当我打算从著名摇滚乐队巴勒曼的专辑里挑出一首曲子唱给大家听的时候，所有人都嘲笑我；当我想要把一首儿童曲子改编成摇滚乐的时候，所有人都嘲笑我。可是，两年以后，数以万计的歌迷聚在一起只为听这首歌。如此准确的判断力难道还不值得被监视？

- Schorly 饮料

我是一名狂热的 Schorly 汽水爱好者，或许外国人并不熟悉这种饮料，每次我在苏格兰想要找这种饮料的时候都很麻烦："不好意思，您知道哪里有卖 Schorly 的吗？"然而，通常得到的答复都是"不清楚"。从那之后，我就开始预定 Schorly！尽管这听起来挺可笑。

不久之前新出了一款 Schorly 汽水。看看，这又是一个我被监听了的铁证，从我还是个小孩子的时候就已经预料到了。我喜欢这款饮料，之后有公司生产了这款饮料，这也太巧了。不过我能理解，因为这毕竟能为公司赢得不少经济利益。

从美国来的朋友们，或者是在那里一直监视我的朋友，如果你们因为监视我而获得了上述三条商业机密的话，就应该获得百分之十的回扣，我认为这才是公平的。否则请立刻滚回自己的国家去，要不然我会让你们消失的。

怪癖3——请帮帮我！

去烧烤的时候，每个人手上都会拿着一瓶装在塑料瓶里的酱料。透过这种无害的透明塑料瓶，我们可以看到里面装着的酱料。把酱料从塑料瓶里挤出来的时候，瓶子还会发出"扑哧扑哧"的声音。我压根儿不愿意拿这样的塑料瓶，也不喜欢这样的声音。瓶口处粘着干了的酱料，暗淡的颜色令人很倒胃口，看起来就像是去年夏天剩下的。太讨厌了。所以，我烧烤的时候总是不放酱料，因为我根本不喜欢这些廉价的塑料瓶酱料。

最可怕的是市场上摆放的芥末桶和番茄酱桶，它们的颜色和里面装的东西是一模一样的。可是，芥末的颜色并不是能勾起人食欲的颜色，它应该是那种需要卖家努力宣传后，大家才会买的东西，但在现实生活中，没有人介意桶的颜色，一般都若无其事地买了就走。要知道，塑料桶用的是最便宜的塑料，破洞和塑料接缝处都露在外面。我完全不能忍受吃的东西被装在这样的包装里。

别人不用帮我穿大衣或是开门，但是可以在为我拿芥末的时候把芥末点在我的盘子里。遗憾的是，我没有什么特别的故事能给你们讲一讲，来解释我这个怕塑料桶的怪癖。我爷爷没有被市场里的芥末桶砸伤过，我小时候也没有独自掉进过这样的大桶里。这可能只是一个审美问题，如果吃饭不需要用桶的话，那么我们没必要制造出这种东西吧？塑料桶边还会挂着用来舀酱料的勺子。如果我在香肠店买香肠的时候，发现他们不直接放上番茄酱和芥末的话，与其自己去拿，我宁愿询问别人："不好意思，您能给我的香肠上挤一点儿芥末吗？"然而，大部分人都会认为我是在开玩笑或是戏弄他们，并且拒绝给我一点儿芥末，我只能吃没有酱料的香肠和面包。如果您在香肠店碰见了我：请帮帮我吧！除此之外，我真的没有什么怪癖了。

爱的叮嘱

我的监护人在教育我的时候,喜欢使用二十世纪八十年代的广告公司一样的方法:不断地重复同一个口号。我从电视上知道,最美的停顿是紫色的,从父母讲的故事里知道,古时候的鸟儿是由虫子变来的。我学的知识都是小时候不想学,长大了也没什么用处的知识。老生常谈的无非就是"先苦后甜",还有"不要说脏话"。

那些句子深刻地印在我的脑海里,就像是迈克尔·杰克逊的经典歌曲一样,历久弥新。我的脑子里总会浮现父母说教的场面,说到最后,他们得出的结论就是——我是一个普通得不能再普通的孩子。

昨天我回家时喝得烂醉如泥,结果树上的鸟儿没找到虫子吃,一直吵个不停，让我睡不好觉，无比烦躁。"一日之计在于晨"对我根本不起作用，我早上起来时，嘴里都还是自由古巴鸡尾酒和香烟混合后的味道，整个人感觉非常糟。

紧接着晚上又要参加一场聚会，估计我明天要睡上大半天才行，脑子里不禁浮现出奶奶的话："人生的一半都被你睡过去了！"估计明天中午两点一到，醒来的我脑海里出现的第一句话就是妈妈的教训："你又不吃中午饭！"

我的童年充斥着大人的叮嘱，诸如"大人说话小孩子不要插嘴""小心别人套你的话"之类的。这两句话每次都出现在妈妈和我的对话中，逐渐变成了妈妈的口头禅。爸爸最常说的是"首先，你应该做得更好""她从我这儿得不到这个""多看书多学习、多和别人交往交往""干点儿体面的事情""做自己让别人说去吧""做事之前一定要考虑清楚""你也考虑考虑我的感受""你必须清楚你自己想要什么""只有亲身实践，才能知道是否可行""我不干涉"。

而妈妈最爱的一直都是这句话："如果没有我的话，你能干什么啊！"还有全世界妈妈们都爱说的那些话，诸如"早点去睡觉""不要把东西到处扔""妈妈不是你的用人""少抽点儿烟""你应该多锻炼身体""多穿件衣服""小心别人笑话你"之类的。

我的奶奶在这方面也不甘示弱，她的口头禅是"自己没本事，什么都别想得到"，还有"什么都没有是坚决不行的""明天一切都会不一样""邻居会怎么想""懒人最讨人爱""金钱会让人变坏""天底下没有不劳而获的事""不愿意听,那就去行动""吃饭时出汗的人身体好""吃得苦中苦,方为人上人""笨鸟先飞""从富人那里可以学会节俭"。

　　我的姑姑们也向我传授她们的心得,"那些不喜欢真实的你的人,是不值得留恋的""人生没什么绝境""你不想慢慢地融入当地的生活吗""我们那个时候没有这个机会""比约定时间早到十分钟是对别人的尊重""他既不是你人生中的第一个男人,也不会是你人生中最后一个男人"。

　　还有几句家人在一起的时候常说的话,比方说"男人不能花心""走路走直线,坐姿要端正""诚实是美德""我觉得这很好""你以后就会感激我的"等。

　　所有这些话都有隐含的意义,可是我们还是小孩子的时候根本体会不出来,也不明白这些奇怪的话到底是什么意思。很多年以后,再回头想想这些叮嘱,我深深地体会到它们背后的情谊,那些语言其实是家人在对你说:"我爱你。"

到底要把哪些东西扔掉？

我不擅长的事情有：烹饪、养花、准时、西班牙语、立刻下决定。我擅长的事情只有一个：扔东西。我是不赞同弥赛亚精神的，同时也是一个扔东西上瘾的人。就像电影《盗火线》里的罗伯特·德尼罗说的："在人的生命里，千万不要被那些你在30秒钟内放弃不了的东西所牵绊。"这台词用英语说出来很酷，电影里的男主角抢劫了运钞车，住在900平方米的豪华套房里。而我的住所只是一间小得连阳台都没有的旧房子。人和人没什么可比性，我的祖先既不是收藏家也不是猎人，根本没攒下什么家当。

现如今的世道，没什么工作是好干的，连扔东西都是。这是一场寂寞的战斗：我和现代化的世界做着斗争，因为总会有些乱七八糟的东西慢地填满你的小房子。生意人用来吸引买家的试读刊物、赠阅本、小礼物和小赠品慢慢攻占了狭小的空间,整个商业销售模式都在赠送买家小礼物,并以此来求得生存。明星里奥·阿道夫在讽刺短剧《皇家基尔》[1]里所做的事情就是德国电商Zalando成功的秘诀,方法就是趁你不注意的时候,在你的鞋子里塞上一张广告单。第一张被你扔了,第二张和第三张也被你扔了,可最后你总会看上一眼。

除此之外,我的书柜里塞满了书,就像是市图书馆的分馆。我衣柜里的衣服多得可以开一间不错的时装小店。我浴室里的瓶瓶罐罐需要我多长几张脸才能让它们派上用场。

每两个月左右,我就得攒一打垃圾袋扔到垃圾场里,有一段时间我只把那些我认为很重要的东西买回家,那段时间家里东西特别少,即便是清心寡欲的佛教徒都会觉得我的家略显清贫。即便是这样,偌大的家里还是留了些莫名其妙的东西,比如玩具獴和难看的烛台。

那些都是礼物,包括类似特洛伊木马的那个东西,全是对我来说重要的人送我的。我现在要描述其中的一些礼物,它们非常古怪,保证令你目瞪口呆。

首先,我必须说,每次收到礼物产生的失望情绪都令我很苦恼,

---

[1] 《皇家基尔》(*Kir Royal*):德国1986年的系列讽刺短剧。

失望这种感觉很令人讨厌，可也是一种十分真实的感受。我经常从家人那里得到令我十分失望的礼物，这时候我就会怀疑，我的家人是不是不喜欢我，要不然就是我本来不是他们的孩子，在医院抱错了。

在最糟糕的礼物赠送者排行榜中，我有个姑姑一直名列前茅，她的名字叫伊娜。我这么说好像有些忘恩负义，因为她毕竟是出于好意才送的，但是，她给我的第一个礼物就极其怪异。在我10岁生日的时候，她送了我一件橘色的羽绒背心，结果背心给我留下了巨大的心理阴影，导致我必须做出人生中第一个重大的抉择：要橘色背心还是要朋友。因为在我穿着背心照过镜子以后，不得不承认，我要是这么出去玩儿的话，就再也不会有朋友了。我太讨厌背心了。我不知道自己对背心强烈的厌恶感是天生的，还是因为之前那件橘色背心留下的心里阴影所致，总之，我到现在还是坚决拒绝穿背心。虽然伊娜从没见我穿过背心，但她还是一直送我背心当礼物。甚至还有升级版：正反面都能穿的背心！一边是漆皮面，一边是黑色的人造革！这简直是祸不单行，就好像是给一个素食主义者送一块儿肉排，外面还包裹着一层香肠。

当然，对于漆皮面材质，大家有不同的见解，可以说是见仁见智。不过。我倒真的从伊娜那里收到过不少漆皮材质的东西，其中包括一个漆皮的包，还配有装饰拉链。她给我的时候是这样说的:"这个包可好了,我也买了一个!"这样的说法似乎是为了证明这个包有多好,但她对我说这句话,就好比在一个得了流感的病人面前骄傲地说:"得流感的感觉太棒了,我也想得流感!"

直到现在,我从未打开过这个包的塑料包装袋——我打心眼里不想打开它——它被我放在门边用来堵门。至于包上那条装饰用的拉链,就和棉花糖做的榔头或金属板做的比基尼一样,真是一点儿实际用处也没有。

伊娜还送过一件令人不知所措的礼物——一个黑色手机包,外面装饰着小水钻,中间还镶着一个水钻拼成的心。为了防止手机丢失,包还配备了一个像表一样的按钮,按钮的周围也镶着一圈水钻。这个包确实很漂亮,如果我把它装在别的包里不露出,自己都觉得可惜,包上还配了一条银链子,方便挂在肩膀上。

问题是:伊娜是瞎了吗?她难道不知道我是什么样的人吗?要不然就是把我和主持人比吉特弄混淆了?像我这样的普通女孩儿,拿着这样奢华高调的包合适吗?伊娜送给我的唯一一个还算称心的礼物是一本哈利波特有声书。这本书是我期待了很久的。当然,每个人都有权利送别人一个自己觉得很棒的礼物,但是送出去的礼物总要有点儿用吧,是不是这个道理?

我知道,她也是一片好心,因为她认为那些送给我的礼物都很棒。我知道,她希望送的那些礼物能够讨我的欢心,让我快乐。

毕竟人家是出于好意，我怎么能让她生气呢？我怎么能够绝情地说："你是怎么想的啊？以后别再送我礼物了？"这样会让送礼物的人很尴尬的。

　　她的礼物留给我的恐惧感让我在给她选礼物的时候格外犹豫，我怕送的礼物不合适，会让她像我一样不开心。我猜，如果我送她的礼物她觉得不漂亮还没有用处的话，她或许就会怀疑我是不是不喜欢她了，才故意给她送这样的礼物。这就有点儿像哥伦布和美洲土著人之间的关系一样。土著人得到玻璃珠比得到六分仪和鞋子更高兴。

　　去年圣诞节，我为伊娜买了一件世界上最丑最无用的东西——一把巧克力刀，这肯定是世界上最没有用处的礼物了，没有之一。巧克力刀是这样的：一块木板上放着一块凝固成圆形的有一定厚度的巧克力，大约有1公斤，中间掏空，放着一个刨刀，上面有一个相当多余的玻璃钟。

　　伊娜收到这个礼物后特别高兴，我心里暗暗想，她的高兴一定是装的。可是后来我去拜访她的时候，惊讶地发现我送给她的巧克力刀竟然摆在她起居室的桌子上，她真的用过这个东西，甚至在我到她家里的时候，巧克力刀上沾的巧克力还没有清理干净。她喜欢我送给她的这个礼物，这个结果令我颇为失落。

　　这种乐观可能是祖传的吧，我爸爸这边的亲戚都是这样的。我爸爸曾经送给我一个偷来的杯子当作生日礼物，因为在他看来，凡是超过两欧元的东西都不值得买。去年圣诞节的时候，他送给我的礼物竟然是便条贴。便条贴啊，简直难以置信。这便条贴不是金子做的，就是普通的那种便条贴而已。而且他送的便条贴没有丝毫特别之处，上面没有写一句祝福的话，什么都没有，就是几张黄色的纸。送我便条贴我都忍了，因为这和伊娜姑姑送给我的手机包比起来还不算太糟糕，最起码还能用。最不可思议的是他后来补给我的一个礼物——帽子。

这个帽子非常非常难看！最可笑的是，爸爸在送给我帽子的时候还说："天哪，只要3.99欧元……真是太便宜啦！"他那夸张的表情就像自己是耶稣诞生时送给耶稣礼物的国王之一，而这个帽子仿佛是金子一般珍贵的礼物。

我30岁生日的时候，爸爸把一只玩具獴塞在自己的衬衣里走到我跟前，然后把它从衬衣里拿出来："生日快乐，我的小公主！我是特意给你送獴来的哟，我愿意为我的女儿做任何事。这个礼物很贴心吧……这是汉诺威消费电子信息及通信博览会上的微软赠品！"

爸爸觉得这个礼物很棒，他甚至为自己省了钱而兴奋不已。或许他只是不知道什么样的礼物算是更好的礼物吧，我只能这样开导自己，至少獴玩具不具有侮辱性的意味和瞧不起的意思，最起码还算是他用心为我挑选的一个礼物。

　　上次整理废品的时候我就把这只獴玩具装进了垃圾袋里。当我想把它塞进后备箱的时候，它的头从袋子里露了出来。我再也忍不住了，足足骂了三分钟的脏话，但最后还是舍不得扔掉它，因为我想起了爸爸送我礼物时那张兴奋不已的脸："这个礼物很贴心吧，我觉得这个礼物简直太好了，我都想自己留着了……"

　　我还有一个经常送我奇特礼物的亲戚，她的名字是瓦尔特劳德。她送过我袜子、睡衣还有厨具，都是实用性非常强的东西。去年我过生日的时候，她就买了袜子送我当礼物，可是随后她又从房间里走出来，捧着一大团奇形怪状的东西走到我面前，它的形状介乎于心形和大脑形状之间，不知道是由混凝土还是什么别的神奇材料制成的，表面上布满了沟沟壑壑，绿中带灰还泛着青铜色，底座是铁的。看起来就像是一个5岁小孩子做的第一个陶器，稚嫩得不像是她这个年龄的人做的。我特别想问一下它到底是个什么东西，就像小孩子们完成了一个手工作品的时候，为了要搞清楚他们到底做的是什么，大人们还得问一句：这是妈妈还是太阳啊？

　　这个心形作品至少有15公斤重，心形的正中间留着放蜡烛的地方。我脑子里冒出来的第一个想法就是：这个东西简直是我有生以来见过的最糟糕的东西了。瓦尔特劳德用尽力气把它抬上桌子，然后对我说："每当你点蜡烛的时候，就会想起我哦！"

天哪，瓦尔特劳德，不要！我要这个没有用的东西做什么？我已经预见到了它躺在垃圾堆里的样子，我根本不需要把这样的东西放在房子里占地方。可是，就是因为她"当你点蜡烛的时候就会想起我"这句话，让我不忍心扔掉这个没用的东西。我真宁愿自己不过生日，我真恨不得把它当垃圾一样扔在门口，然后诅咒瓦尔特劳德被她自己送给我的这个糟糕透顶的礼物狠狠地绊倒！这个礼物令我不痛快了好长一段时间，可当我想到，人生中第一个令我后悔的事情有可能就是，将来瓦尔特劳德死了，我却没有可以点蜡烛去纪念她的蜡烛台的时候，我就有些释然了。

这个礼物现在静静地卧在我的餐桌上，它和手机包、玩具一样，逃过了每一次的大扫除，被我留了下来。我最终还是不忍心扔掉它们。就好像如果我不珍惜这些充满着浓浓爱意的礼物，老天爷就会惩罚我似的。就好像如果我不喜欢这些礼物，我就不爱送礼物的人似的。每一个来我家的人看到餐桌上摆放的这个四不像的心形蜡烛台都要问我："卡特琳？这是什么东西？怎么那么像大脑？"

Chapter 03

星期三 生活其实就是这样

拖延症

老话说得好，三思而后行，我们可以用一个词来描述这句话暗指的问题——拖延症。这个词儿很新，也许奶奶那一辈人用的字典上都查不到这个词儿，因为之前根本没有这个词儿。对于我奶奶那样的清洁工人来说，职业倦怠、解放或是地暖都是新事物，更不要说像拖延症这样的词汇了。她们那一代人是建设的一代，经历了德国从废墟到崛起的过程。

大家以前都不喜欢拖延，所以才有了这句格言："今日事今日毕！"这恰恰是拖延症的反义词。

当然，我们还有这样的俗语："能拖到初一，就能拖到十五！"如今的德国不再需要全速建设，很多人的时光都消磨在咖啡馆这样的休闲场所，所以，一直保持不断变化的反而是这样的休闲场所，就像广告里说的："每周都是新世界。"

和奶奶那一代生活在废墟瓦砾上，迫切需要全力建设国家不同，我们这一代习惯了拖延。拿我来说，任何事情都可以往后拖。比如拖延购物——冰箱空了，我就设法用罐头、瓶装酱和冷冻鱼来做饭，并且这样过上好几个星期。即便是把我关在家里，我也能在厨房里搜罗点儿吃的东西出来。

按时洗衣服也是过时的老习惯了，比起挨饿来说，洗衣服是一件更容易往后拖的事情。你可以在厨房里找到油煎鱼配豌豆和胡萝卜，再抹上点儿咖喱酱，那自然也可以在衣柜里为那件棕色的连衣裙找到一件几周都没洗的牛仔上衣来搭配。这就叫创意，当然也是拖延症的新境界。

我很爱拖延上税的时间。我不喜欢交税。我的拖税理由和乌利·赫内斯[1]逃税的原因不一样，我是因为交税时那些复杂的手续而拖延的。评价表、上税收据，我的天，看到这些字眼儿我就已经被弄晕了……每个月到了交税的日子我都是能拖则拖。

拖延给我带来了负面影响：我的能量抽屉已经被它完全掏空了。

能量抽屉就像一个程序，存在于我们的大脑里，当我们想要

---

[1] 乌利·赫内斯：现任拜仁慕尼黑足球俱乐部主席，曾经因为逃税被判3个月。

完成一个任务的时候，它就会被打开。它会持续起作用，直到这件事情完成为止。当然让它运转起来也是需要能量的。如果打开的抽屉太多，大脑里的空间就会变小，此时我们就会感觉对自己的生活失去了控制，这是一种很糟糕的感觉。因此，为了避免出现这种情绪，我就会什么也不做，整天盼望着不劳而获。整整一天我都静静地待着，一刻也不休息，当然，静静地待着表示我什么也没做，所以也谈不上休息。我这样做完全是因为想要避免糟糕情绪的出现，避免想起奶奶一直以来对我的要求。

拖延症就是不想行动。就像邮箱里收到的罚单你一直不去交，那么罚单上的罚金就只是个无意义的数字而已。我想去把坏了的机顶盒换掉，去汽车美容店把车洗一下，把我的电话簿整理一下，为我那即将过60大寿的爸爸买个生日礼物，不对，应该是62岁生日。我还想在网上查查资料，看看视频。我还想利用一下今年的夏天，我的计划多得就像超市货架上琳琅满目的商品一样，计划虽好，可惜最终都毁于拖延症，被无限期地搁置了下去……

原本不应该是这样的，不是吗？我打算去书店里找一本如何合理规划时间的书，去之前抽根烟如何？再喝杯咖啡？我把这个计划写在纸条上，一定要去找这书，这样总行了吧？你看到那件T恤了吗？它上面写着：从明天开始不再拖延！我一定会买一件这样的T恤！不过不是现在就买，而是过一会儿再说。

听从内心的声音

　　成功往往最引人注目。大家只知道哥伦布发现了新大陆，却不知道其实他还到过印度。说起罗伯特·德尼罗，人们马上就会想起他的代表作《出租车司机》，却忘记了他其实还出演过《拜见岳父大人2》。

　　那些成功前的失败经历只有他们本人才记得特别清楚。对当事人来说，体育课从平衡木上掉下来的尴尬经历，比多次在躲避球游戏中完美胜出要刻骨铭心。整天出没于各色酒吧彻夜跳舞绝对比不上一次走错门的尴尬经历，后者更会让你记忆犹新。几十台无播出事故的广播节目也比不上一次《3nach9》的脱口秀节目更能被人们记住。

时间回到过去。有一天,我突然受邀去主持《3nach9》脱口秀,虽然直到现在我对这档节目也还不熟悉。别人在电话里对我说,我应该去主持《3nach9》脱口秀——一档奶奶那辈人就已经开始看的脱口秀。当然,这个机会对我来说简直是天上掉馅儿饼。参加别的节目,嘉宾会提前知道不能够深入什么样的话题(缩减雇员和行业发展的潜力),也能够预料到嘉宾们有可能会回应什么话题,但这档节目不一样。

《3nach9》不会给我酬劳,但是这个王牌节目却能够为我奠定事业的基础。理智上我准备接受这个节目的邀请,我还没到能拒绝节目组邀请的那一步。可是内心的声音却说,拒绝吧,不想做就不要做。准备说出来的话和内心的观点完全相反,这让我犹豫了许久。而同事和朋友的立场十分明确,"你脑袋坏掉了吗?一定要去做!这个机会多珍贵,我等了好多年都没等到,谁知道下一次他们还会不会问你,谁知道你下一次有没有被别的节目提前约走……这么好的机会你要是拒绝了,那你简直就是个无可救药的大笨蛋!"这个行业里的人都神经质得像健身教练卡门盖斯一样,而我也被这种神经质传染了。这种感觉就像如果你不从星期四庆祝到星期六,那么你将会错过你人生中最精彩的一晚!

最近一次我听从内心的想法的举动就是勇敢地站在柏林电影节的舞台上,主持了整场电影节,隔天报纸上就登出:"卡特琳·鲍尔范德主持风格中规中矩,完美无瑕疵!"

真实情况确实如此。我甚至还可以近距离地接受媒体采访,采访进行得比想象的还顺利。因为我想象中的是:踏上红毯的时候高跟鞋不幸断裂,鞋跟挂住了我的裙子,我被裙子绊倒,露出了内衣,胸前的麦克风戳到了眼睛上,可是麦克风仍旧能够出声音,于是现场所有的人和电视机前所有的观众都听到了我的声音:"该死的……"

然而,一切都很顺利。我第一次在1700位各界人士的面前完美地进行了一场主持,包括电影圈的明星艺人,像昆汀·塔伦蒂诺那样的大导演,以及滚石那样有名的乐队。主持完美无瑕,只不过有些缺少激情。我相当流利自然,无论是说德语还是说英语都没有难倒我。尽管这样,我还是觉得我是个失败者。因为我还有别的期待,我可是鲍尔范德女士!

最后,我答应了《3nach9》节目组的邀请。或许我想证明自己不是个失败者,而是个名副其实的掌控全场的主持人。我开车去不莱梅,参与节目组的会议,谈论嘉宾,知道了节目安排以及节目中有可能要谈论的问题,一遍又一遍地从头温习录制节目的程序,直到我胸有成竹为止。

我的第一位嘉宾是一位女士,她每半年就要去山里隐居,以便能够在山林间放松自己,褪去工作的疲劳、压力,逃离快节奏的都市白领生活，远离钢筋水泥，她甚至还写了本书。作为主持人，我当然要提前拜读她的大作，还不能对她的作品评头论足，毕竟我不是通过评论别人的作品获得名利的人。我问她："您去山里隐居一段时间，是因为您的生活中有什么特别不如意的事情吗？"她回答："啊，其实我去隐居没有什么特别的原因，日常生活中也没有什么令我特别苦恼的事情……"

我心想：真是睁眼说瞎话，你在书里可不是这么写的，现在却装作忘得一干二净。

对话继续进行。

"你有一只小猪叫佩吉……"

"不是的。"

"确实叫佩吉呀！"

"那只小猪叫鲁皮……"

我把所有的希望都寄托在下一个谈话来宾的身上。他的名字叫萨满。他曾经担任过节目嘉宾，还给作家艾米丽·弗里德做过按摩。编辑部的人说，他的状态特别放松，所以这期节目的效果会很棒。他正在写一本新书，灵感来源于他的最新发现——西部人的灵魂在颤抖，因为他们总是生活在恐惧中。

这位男士戴着一顶很有趣的帽子，帽子上伸出一个天线一样的东西，穿了一身和帽子料子很配的西服，不过西服露出了线头。当一个人描述民族的伤痛和贫苦时，我们当然不能粗暴地打断对方，就像我不能说："好，萨满先生，我们的观众恐怕对您说的这个东西不感兴趣……"虽然我真的很想这么做，但最后还是口是心非地说："您说到，嗯，西部人的灵魂在颤抖……"

我不知道是否应该让他看看我的灵魂是不是也在颤抖，说不定他自己就有站起来查看我灵魂的冲动。糟糕的是，我之前没有和他进行过彩排，就直接录制了节目。他一只手抓着我的手，另一只手按在胸膛上，左一下右一下地不停摩挲。我真正地感受到了什么叫灵魂在颤抖。我的灵魂仿佛看见了我的父母坐在电视机前震惊的样子。而我的眼前则实实在在地看到了德国《时代周报》总编和萨满戴着天线的帽子。演播厅里安静得没有一点儿声音。我还问萨满，要找到一个人的灵魂要花多长时间，应该不会花太长时间吧？这位聪明的男士考虑了几分钟说："发现灵魂，在颤抖，你害怕了。"嗯，我想，或者像爸爸说的那样："我可以判断，你很生气！"

隔天的报纸上出现了这样的标题——"卡特琳·鲍尔范德做主持人很令人失望"。说不定，萨满现在还在找寻我的灵魂。好吧，失败了，那就重新开始。下一次无论如何要听从内心的声音！

电视行业的发展瓶颈

我一直都想上电视,可是上电视和我想象的并不一样。我想上电视的那个时候,只有超级明星才能上电视。可以说,能在电视上露脸的都不是普通人。一看到哪里架起了摄影机,路人们马上就会凑上去把摄影机围起来,想要知道到底发生了什么。如果普通人有机会在电视上露脸,他们就会立刻昂首挺胸,努力矫正自己的口音,想要用一口流利的标准德语来回答记者的提问。电视有一种魔力。

然而,自从电视上有了私人频道,一切都变了。卢森堡广播电视台的节目向观众们展示全身涂着奶油赤身裸体地主持节目的主持人。至于摇滚,早就已经死了,被电视节目埋葬了。

如今电视也要濒临灭绝了，因为每个人的手机上都有了摄影功能。如果哪个地方发生了灾情或事故，有人会在第一时间记录下来。如果刺杀肯尼迪总统的事情发生在现在，那肯定会被成千上万台智能手机记录事发经过。凯文没有找到工作，也可以在电视上参加节目录制赚取生活费。（凯文在一部电视剧里出演马尔文，一个没有找到实习岗位的年轻人。）以前上电视还可以算作是件值得称道的大事，现在却是稀松平常的小事，除非你出现在了电视台转播足球赛的画面里，才勉强算得上是一件特别的事儿。

以前，我一坐在客厅的沙发上就会想，上电视是世界上最棒的事情。所有在电视上出现的人都那么兴高采烈，所以上电视一定是令人幸福的事情。现在我知道了，那些欢乐只是在镜头前呈现出来的而已，躲在镜头后面发生的事情我们并不知道。

上电视和坐火车或者谈论政治一样，是一件难以令人兴奋的事情。电视里充斥着对日常见闻的抱怨——抱怨收入少，抱怨时间少，抱怨行政管理部门效率低下等。这样内容的对话可以和同事们聊上整个周末，彼此倾诉不满的情绪。我听过最典型的这类对话是在德国某知名电视台的一档政治新闻节目中，当天的主题是关于黎巴嫩真主党的，节目组打算配几张从网上下载的图片。

节目开播前半小时，图片监督部门给节目组打来电话：

"您好，麦尔先生，听说您网上的照片用作新闻配图了，咱们现在就谈一下图片的版权问题吧。照片上拍的是谁呢?"

"是黎巴嫩真主党!"

"好的,那么请您注意,如果您要用这张图的话就得先给黎巴嫩真主党打电话,向他们说明您要把有他们本人影像的照片使用在新闻报道中,否则,您就不能使用这些照片,您愿意这样做吗?"

"给黎巴嫩真主党打电话?"

"您听明白了,我不想和您继续解释下去了,要不然我们就签订一个书面协议吧,麦尔先生?"

这个例子把电视行业的窘境完全地展示了出来。在如此多的限制下,电视人如何做出一档好节目呢?而且,这只不过是电视人每天要遇到的、数以万计难以处理的事件中的一件而已。

现如今,电视已经不会单单呈现出理想的美好生活了。

想想以前电视工作者过的生活,早上十点编辑们在办公室开会,一边喝着咖啡,一边讨论工作,甚至还可以喝酒!只可惜,这样的日子已经一去不复返了,仅能在传言里寻觅些许踪迹。或者,你可以在网友自制的网络小短剧里看到类似的情形。对人们来说,网络似乎变成了主体。据说谷歌浏览器在星期一即将上线一个小游戏——模拟农场,专门为那些久坐的办公室白领提供,让他们在虚拟的农场里种花种草,舒缓心情,用户还可以在每周三购买需要的游戏物品。有人推测,谷歌每周仅靠这一项获得的收入也能达到20

亿美元。

众所周知，电视节目经过艺术再加工后，才能把最终的成果呈现在观众面前，如同打磨一件首饰。而当红博客也是如此运营的，我就花了很多时间用来"打磨"我的博客，五年之内就会上传我的化妆教程视频。网络发展到如此地步，那么它的瓶颈是否也不远了呢？

星期三

我的工作

我出生得太晚了。放在30年前,我可能已经事业有成。因为那个时候,你只要在电视上开了自己的节目,那就是明星。尽管那时在银行工作被视为稳定工作,但是比起电视明星来说还是略微逊色,因为大众普遍认为:能够在电视上露脸是很了不起的。就算你是普通的报幕员也能被看作明星。现在的年轻人大概都不知道报幕员是干什么的吧,我还是先来介绍一下报幕员的工作吧,报幕员的工作就像是电视节目下方打出来的字幕,告诉大家下一个节目是什么,只不过是用人工报送的方式告诉大家而已。不要不相信,那个时候确实有这样的工作,而且即便是干这样工作的人,也会和明星一样备受瞩目。

现如今，什么人都能上电视，大街旁奶酪店里名不见经传的大婶或许已经上过好几次选秀节目了，所以她根本不会觉得我在著名电视台主持一档节目有什么了不起，对她来说，看我在电视上主持节目还不如在店里的柜台上打瞌睡来得舒服。大家一起聚会的时候，我往往会说自己是家庭妇女，或是珠宝设计师，或是残障儿童义工。

电视就像基督教科学派或是自由民主党一样，特别没有存在感，除非他们为了引人注意而发言："我个人从来不看电视！"这就像我们很少见到屠夫自己说："我个人是个素食主义者。"但是在我的行业里，大家都不想做出什么大的改变。电视在渐渐地变成类似勃兰登堡门[1]那样的古董。

我和这个行业其他的从业人员一样，都会出差。有一次出差，工作人员在宾馆里为我预定了一间59欧元的房间，不带早餐。这是一家新开的连锁酒店，很多地方都有，但是位置往往都不太好。

这家旅馆的房间看起来像是刚入学的设计师的初次尝试。住在这样的房间里，你就能够明白，早些年摇滚明星为什么总爱把他们住的宾馆房间弄得乱七八糟。这里的房间若是放在那个时候，肯定能夺魁，成为最乱的房间。可惜，我这个客人并不是摇滚明星，而是一名主持人，所以住在这样的房间里，我绝对不会感到开心，但还不能抱怨，否则就可能得到这样的回应："我的老天，这位女士！

---

[1] 勃兰登堡门：位于德国首都柏林的市中心，是一座古典复兴建筑。

你以为你是谁啊……卡特琳·鲍尔范德,没听说过。你有什么不能在这样的房间里睡的?"

不,我是真的不能睡在里面。我第一次住在这家酒店是在柏林近郊,整个酒店呈环形,所有的客人都能看到对方的房间内部,像住在社交网站上一样,每个人都能够无障碍地看到其他人,当然,这种设计还是蛮刺激的。我在布拉格住这家酒店的连锁店时,对面住着一位男士,年龄看起来至少也有70岁了,每天半夜都会打开房间里所有的灯,脱掉睡衣,全裸坐在厨房里喝咖啡。喝完咖啡之后还会在房间里裸着来回踱步,在房间里走一会儿后,才会套上睡衣上床睡觉。

我在柏林住的时候,房间是靠着路边的,旁边还有环形岛,就是驶入时要刹车,驶出时要加速的那种设计,加速地点紧贴着我的窗户。你想象得到它的噪声有多大吗?非常非常大!即便窗户是关着的!除此之外,我窗户外面那条双向四车道的主干道上还有两个公交车站。晚上的时候,柏林几乎所有的夜班公交车线路都要穿过这条街道,喇叭声此起彼伏,还不时有刚刚结束狂欢的年轻人吼着歌摇摇晃晃地从我的窗前经过。

窗户的确是关着的,可是完全挡不住噪声,房间里还特别热,令人难以忍受的闷热。我忍不住起身准备开空调降温,结果找了半天,连空调的影子都没发现。似乎只有打开窗户才能够凉快一些,可是一想到会遭受噪声的折磨，我又下不了这个决心。我翻来覆去折腾了两个钟头，试图把头藏在被子里来阻挡噪声。这个方法倒有些用处，不过捂在被子里让我越来越热，所以隔一段时间我就踢开被子凉快一阵，然后又用被子捂着耳朵，如此循环往复，折腾了整整四个小时。

我有些口渴，起身想要找小酒吧，没有。浴室里放着两个封在塑料袋里的塑料杯。太好了，这说明房间里还是有自来水的。我发狠似的喝了一肚子自来水，反正自来水又不要钱。

带着满腹怨气，我躺回了床上，生气让我睡意全无。我想给帮我订酒店的那位同事打电话，就是那位为我预定住处的同事，我想对他说，我再也不想去电视台主持节目了。这个同事的名字是 H 开头的，以 rensohn 结尾，可惜我想不起来他的电话号码了。

我还想给前台打电话，想要告诉他们我很愤怒。可是房间里连电话都没有——这才是问题的关键。这极有可能引发这样的事情——疲惫的我睡着了，可是闹铃没响，而且这个房间里根本就没有电话，没人叫我，我就这样耽误了第二天的全部工作。

想到这里，我发誓自己再也不住这家旅馆了。要不然我就转行干别的，反正电视行业现在是一天不如一天。如果我还守着电视行业不放，说不定我十年之后就要悲惨地到汽车里睡觉了——前提是到时候我要买得起汽车才行。

明星和普通人

电视明星往往在生前不出名,却会在逝世或参与的节目不再播出后得到大家的关注。除非你可以在有生之年就拥有足够的名气,连邮局都愿意为你发行印有个人头像的邮票。

3sat 电视台一般来说不会让人大红大紫,就拿我自己来说,我做过那么多的访谈节目,至少也算是一个经常上电视的人吧,可是很多观众,还是会把我和另外一位同事搞混淆("妈妈,快看,那是米德艾德·艾格勒")。电视节目主持人的长相对于德国人来说就像是在看中国人的脸一样,根本分不清。当然,我对出名也没有那么大的渴望,不过出名这件事本身就如同硬币的两面——既可以给人带来好处,也可以给人带来坏处。

不出名的好处：我可以穿着男朋友的旧裤子无所顾忌地去商店里买烟，还可以上传自己的照片到社交网站上去，即便是被评为不性感我也无所谓，反正不会影响我的事业。

出名的好处：可以穿着著名设计师制作的华丽礼服走红毯，让自己光彩照人，艳压群芳，而且，每天都会有新衣服穿！对我来说，这绝对是一个天大的好处。我有时会贬低一下模特这个职业，可就是这样一群被我瞧不上的人，竟然在杜塞尔多夫歌剧演出季的开幕式上进行了足足三分钟的走秀，而其他人却没有这样的机会。还有人向主办方提出这样的要求：我喜欢特别一点儿的款式，因为时尚本来就是年轻人的专利……

不出名的好处：随心所欲，想干什么就干什么，逛商场的时候只试不买，吃完饭用手指抠牙缝，酒里面加冰块，番茄酱配去骨肉，吃饱以后解开裤子最上面的扣子……

出名的好处：一位名人走进了饭店，就算饭店里已经座无虚席，也会有人主动让座。在洛杉矶，我曾经亲眼看见一家商店的店主，因为帕里斯·希尔顿在店里买东西就停止营业，只为她一人服务。我还看到名人罗伯特·布朗克在重要的网球赛事上坐在最好的位置观战。当然，我去看这场球赛不是因为我对网球特别感兴趣，只是因为心血来潮，才想去看一下星期天举行的温布尔登网球公开赛，这才发现了这件事……

不出名的好处：我可以毫无顾忌地去医院治一些涉及隐私的病症，宿醉、性瘾、厌食和烫伤，不必像出名的弗劳克·路德维希一样，被一群记者扛着摄像机堵住家门口，被追问他打了肉毒杆菌的脸的恢复情况……

出名的好处：如果名人醉驾开车太快被拦下来，交警不仅不会开200欧元罚单或者把名人的车拖走，还会小心翼翼地问这位名人："您能在酒精检测仪上签个名吗？"然后，交警就会永远留着这个检测仪，再也不使用它了，只是因为检测仪里面收集了名人那一口酒精浓度为千分之1.9的气体……

不出名的好处：我可以悠闲地逃税，大摇大摆地逛红灯区、飙车，而且不用担心被八卦杂志拍到。虽然这些事情我都不会做，因为我是一位来自施瓦本的女士，是一个保守的人……

出名的好处：名人的装扮总是能引发新的时尚风潮，成为年轻人竞相模仿的对象。最近我去理发，就看见了一个略显羞涩的小姑娘拿着麦莉·塞勒斯的照片，说是要做和偶像一样的发型。这一点似乎不能完全算作出名的好处，但是它最起码能够让大家觉得，染一头像名人一样火红的头发并没有那么奇怪，毕竟只要是名人的发型，就一定会成为新的潮流。

不出名的好处：可以无所顾忌地拍大尺度的电影，赚很多钱。当然了，我不会去做这样的事情的。我不喜欢上电视被关注，却可以和大家一样只关注日常的小事——哪里做错了吗，今天的发型如何……

出名的好处：名人的朋友非常多，而且所有人都会对名人特别好，即便之前未出名的时候闹过矛盾的人，也会在看到别人大红大紫后态度出现一百八十度的大转变，开始争先恐后地讨好对方，只求能搭上关系……

出名的坏处：你一旦成为过气明星，过去的朋友就会全部消失不见，这时候你会发现，原来自己一个朋友都没有。

出名的坏处：谁都能对你评头论足，比方说：你的紫色文胸和绿色头发颜色不搭、发型不漂亮、你原来比现在好或者现在还不够好、你说话的内容和表达观点的方式都不合适，甚至还有人会说你是收视率毒药。最糟糕的是，大众不仅仅在脑子里想，他们还会直接写到网上。

不出名的坏处：没有人在意你干了什么，即便你做了一件很有意义的事情也不会有人关注。没有人为你照相，你只能用自拍来娱乐自己。去意大利餐厅吃一顿大餐或者是去国外旅游这样的事情，就算你自己把照片传到网上去，但依旧无人关注！

出名的好处：名人即使服装怪异，也不害怕大家指指点点，因为这就是他们的工作内容。演员托马斯·高德沙克的衣服不会出现在财务处小职员的身上，嘎嘎小姐的肉片装也不会挂在肉铺里出售。

　　出名的坏处：对任何问题，名人都要自己的观点。举个例子，记者们有可能会问名人如下的问题：有女士参与选举吗？您选谁？您最喜欢吃什么？您有男朋友吗？参与电影拍摄感觉如何？您觉得自己是一个彻头彻尾的失败者吗？看歌剧之前您一般会做哪些准备？如何才能做好一场采访？最近几年电视圈有什么改变？您觉得29岁和30岁算不算人生的分水岭？你认为射击类游戏该不该被取缔？您是否同意年轻人自己照顾老人？如何才能当上主持人？柏林墙倒塌的时候您在干什么？如何才能做正宗的鸡蛋面？您想要孩子吗？

　　说了这么多，但现实却是，我两边的好处都没占着，因为我刚好处在出名和不出名之间，这种尴尬的处境太糟糕了。我不知道周围的人到底有没有注意我，出名的好处一点儿也没享受到。

　　去饭店吃饭没有位子的时候，没有人会给我让座。即使如此，为了保险起见，我也不会在桑拿室里自由自在地全裸沐浴。当然，以前没做媒体工作的时候我也没裸浴过，而在现在这种小有名气的状态下，更不可能裸浴了。万一在更衣室穿衣服的时候，不经意听到别人偷偷地说："天哪，她的身材没有电视上看起来那么好。"或者遇到更糟糕的情况，对方直接告诉我："真没想到，您不穿衣服比穿衣服更好看。"这绝对会让我一整天都心情不佳的。

事实上，有时候我还是会被认出来的，但并没有让我得到万众瞩目的优越感。我最近去过一次咖啡店，整整一个小时，咖啡店里只有我一位客人，所以我无所顾忌地大口吃着蛋糕，奶油糊了一脸，捧着一本说尿失禁的书——大街上发的传单书，还肆无忌惮地挖着鼻孔……咖啡店里的我就像每一个普通人那样，上音乐课的时候会调皮地回答老师的问题："我听不出来您吹的是横笛啊！"

有时候，我会看到网上有这样的言论："我过去觉得您是个很无趣的人，可是见到您本人吃蛋糕的样子，知道您也喜欢看一些治病的杂志后，我就不那么认为了。"这些八卦消息在社交网络上传播迅速，第二天记者弗兰克·普拉斯贝格就找上门来，邀请我谈谈如何治疗尿失禁。

两年前我参加了一次苏格兰旅游团，这个经历给我留下的痛苦甚至超过了父母离婚事件的冲击。

这个旅游团条件极其艰苦。我有时候住在帐篷里，有时候住在发霉的青年旅社里，霉味大得我都不敢呼吸。住宿条件一直没有改善过，因为旅行社想要省些钱。我们能得到只有一顶四角帐篷和空无一物的房间。

五天中我没有睡过一次安稳觉，全团的人都是如此。最后一站是参观苏格兰小镇皮特洛赫里，在那里我们入住了民宿。经过一整天的游玩，我已经疲惫不堪，再也不想躺在帐篷里了。

我的样子看起来很狼狈：头发被汗水打湿、灰头土脸的。狭小的帐篷里挤满了人。尽管白天的时候我喜欢人多热闹的场景，可是晚上还是希望睡得宽敞一些。我的脸上除了右边还算光滑外，其他地方都起了大包。我没有化妆，上身穿着一件黄色毛衣，上面还有牙膏沫和咖啡渍，下身是蓝色慢跑裤和登山鞋（这双登山鞋显得我的脚像男人一样大，让人很不自在）。这就是我的全套装备。

这间民宿的主人叫安迪，来自德国的弗莱堡。他卖掉了家乡的家畜，专门搬到这里生活，已经有一年了。

安迪很热情："异国他乡，我们德国人也要互相帮助呢。"他登记了我们所有人的信息，检查和复印了我们的证件，和我们聊了聊家常话，最后把房间钥匙给了大家。

就在我拿到钥匙的时候，他意味深长地问了我一个问题："怎样才能让自己在苏格兰不被认出来呢？"

我从来没有脸红过，可是那会儿却感觉双颊发烫，估计已经红得像熟透的樱桃了。永远不要素颜出门，因为你永远不知道下一个安迪在哪里潜伏着。

失败的市场调查

柏林的一间会议室里,大家手里拿的几乎都是苹果手机,空调吹着凉风,清爽地散播着病菌,桌上摆着小点心,PPT一页一页地展示在大屏幕上。这是一场家庭会议,内容是探讨我开一档新节目的可能性。

"请看看我们的分析,"我的父母总是用这样的方式做开端,他们一直试图证明我开一档新节目是不可能的。以前他们用"因为我是这么觉得的"这样强硬的话,现在则把话说得委婉了一点儿,比如"我们已经做了一个相关的市场分析",紧接着是图表展示,最后就是结论"观众不喜欢"!

市场调查让我想起了一个人——玛格特姑妈,她已经60岁了,因为我的奶奶和她有亲戚关系，所以她也成了我的亲戚。有一次，在奶奶的强烈要求下，我们开车去看望玛格特姑妈。那一整天我们都是在吃中午饭、消磨时间、喝咖啡、吃蛋糕、闲坐、晚饭然后又闲坐中度过。以前我觉得无所事事很棒，尤其是和亲戚在一起闲聊，因为这样的机会并不多。可是现在我却十分讨厌坐着聊无关紧要的事，尤其是和玛格特姑妈这样的远房亲戚。

尽管如此，为了照顾一下奶奶的面子，我还是从柏林回到了斯图加特，利用星期六的空闲时间去了施瓦本乡下一个不知名的村落，拜访这位姑妈。这个村落有四个农场，还有一家叫"琳达之家"的旅店。这四个农场里住着的都是我的亲戚，他们之前根本不认识我，"……嗯……特劳德……不对，应该是……卡门……嗯，缇娜，不是不是……哦，卡特琳……孩子，时光飞逝啊！"

我像橱窗模特一样呆站在"琳达之家"的门口，殊不知，一场竞赛已经在奶奶和姑妈之间悄悄拉开了帷幕，必须说，到了她们这个年龄还能有这样强烈的好胜心真不多见。玛格特姑妈吹嘘她的孙子的时候，表情就像电视购物频道里的主持人在推销平底锅一样。我奶奶立刻就接着玛格特姑妈的话说："我孙女总是不想生孩子。"她说这句话的状态好像已经忽略了我就是她孙女这个事实，又好像她为我规划的人生蓝图就是要在30岁之前生几个孩子，并以此来衡量我的人生价值。

奶奶为我挽了挽袖子，不动声色地对姑妈说："卡特琳的工作可是上电视的！"这句话立刻把玛格特姑妈惊得目瞪口呆！

"哪个电视台？"她小心翼翼地问道。

我吸了一口气，正准备回答，不料却被奶奶抢答了过去："在sat3电视台！"

"奶奶，说错了你，是3sat！"

"对，是3sat，"奶奶赶快改了口，"听起来差不多嘛！"

"这样啊！"姑妈又问，"遥控器上哪个键能调到3sat？"

"哎呀，简直笨死了，3sat。"奶奶重复说着电视台的名字，好像这样不停地重复就能让电视自动调台似的。

"那她在电视台做什么呀？"姑妈问。听到这话，我真想马上消失！

"哈，她做主持人的！"奶奶骄傲地说，这时候聊天内容的发展方向已经完全超乎了我的想象。

"是呀，我孙女是从大都市来的嘛，来斯图加特都要坐飞机的。"

这句话的效果就像是一枚重磅炸弹爆炸了一样！姑妈看看奶奶又看看我，赞许似的点了点头，耐人寻味地说道："柏林……"停顿了片刻又说，"我还从来没去过呢。"

3sat，柏林，飞机，斯图加特。听到这些，姑妈觉得像我这样——从她从未去过的大都市柏林坐飞机来到斯图加特，只为了在"琳达之家"这样寒酸的乡下旅馆里住上几天的行为简直太不可思议了。而对一个拥有航空积分卡、视坐飞机为普通生活一部分的现代人来说,我同样为她惊讶的态度而吃惊。奶奶想尽办法夸我好,哪里都好,这些话也说服了她自己。

很明显,玛格特姑妈没有兴趣知道我的更多信息。对她来说,从大城市来这一点已经足够引起整个村子的关注。她仿佛已经看见了一群人围着我追问:"柏林怎么样啊?"

整个村的人用的手机都不是苹果牌(除了我),没有小点心,盘子里干干净净的,什么都没有,柏林这样的大城市和"琳达之家"之间的差距就像是普通身材的女人和能穿零号衣服的女人的差距一样。明明天气炎热,人们大汗淋漓,也只能忍耐,因为乡下没有空调。

不知道什么时候,对话的内容又转到了电视上,"我们农村人只懂得种地养牛,很少看电视的!"他们说的是事实,因为他们中确实没有一个人看过我的节目。

"演员哈拉德·施密特?他抽烟很厉害的!"

"说错啦,抽烟厉害的那个叫赫尔穆特·施密特。"

"对啊,他还活着吗?"

幸亏没提到塞缪尔·贝克特[1]。某个阿姨提到了主持人福劳瑞安·秀波瑞森,旁人不约而同地一起摇头:"他的节目太可怕了。"

---

[1] 塞缪尔·贝克特:活跃于二十世纪的爱尔兰人法国作家。

玛格特姑妈接着说，"我很喜欢这两个人，叫什么来着……乔克和克劳斯。"这句话得到了些许共鸣。

我想了好一会儿才弄明白，玛格特姑妈说的不是什么乔克和克劳斯，而是二重奏组合杰克和克拉斯，在乡下像他们这样出名的人可不多见，十二个阿姨中甚至有三个都知道这个组合，几乎占到了总数的百分之二十五！

这个时候我们就不能用市场分析那一套来衡量玛格特姑妈所说的这些话了，他，不是，应该是她，自认为自己的想法就是最好的市场分析结果，玛格特姑妈华丽的卷发下，是一颗充满想法的脑袋。

我认为，从"琳达之家"来的玛格特姑妈是具有代表性的，所以下次再开会的时候我会考虑带上她一起来，谁知道我的节目将来会变成什么样子呢。

两周的班长生涯

判断一个人的人生是否成功是一件非常主观的事情。对于一个实力很强、一心想夺冠的运动员来说,在奥运会这样盛大的赛事中获得银牌是很失败的,但对只有资格参加青少年赛事的小运动员来说,这已经是个天大的成功了。

五年级的时候,我曾经以超过第二名4票的成绩当选为班长,在大家的喝彩声中赢得了选举。我的父母为我如此受同学的欢迎而感到骄傲,立刻把这个爆炸性的消息告诉了所有的亲戚:"卡特琳当上班长啦!"

两周后的生物课,同学们又背着我重新进行了一次投票,这次投票我不幸地落选了,因为大家对我这两周的班长工作很不满意，我本来应该每天检查黑板上的课程表，看看当天的课程有没有书写正确，以便同学们能够提前知道什么时间上什么课，可是我却自作聪明地认为这很多余，觉得课程表已经贴在了布告栏里，大家直接去查就可以了，没有必要写在黑板上。为了显示我的能力，我更愿意去劝和打架这种暴力事件，我相信，没有我做调解，双方一定会打个头破血流。我想要以班级的名义和老师作对，不想每天围着黑板转，抓一些芝麻大点儿的小事。正是因为这样，在新一轮的竞选中，我落选了，更糟糕的是，之后的整个学生时代，我都没有再当选过班长。当然，我也会安慰自己，比如告诉自己班长要解决的问题很琐碎，就连张三和李四争抢第一排那个离讲台最近的座位这样的事情都得管，我才懒得把宝贵的生命浪费在这上面呢。

虽然落选班长这件事情不是什么大事，可当叔叔阿姨问到我当班长的事情的时候，我还是会感到尴尬和窘迫。这时候我就会避而不答，爸爸妈妈也会赶快转移话题，或者上一盘点心给大家吃。在享受了两周的成功的喜悦后，我跌落到不被同学们认同的深渊里，这可以算作我第一次在"如何赢得大家喜爱"方面的失败经历。

高中对所有的孩子来说都是走向独立成熟的必经阶段。对于所有学生来说，像科技新闻一样越来越深奥的学习内容成为每天新的挑战。我认为，顺利升学和学习成绩优异都不能算作真正的成功，因为这个阶段成功与否的标准很难定义，它应该属于另一个层面上的成功，比如某学术刊物上刊登了一篇能够证明我是人才的论文，并且刊物还是免费赠送的，即便是这样，普通人也不会去读这种专业的学术刊物。

有一天大家突然发现，我竟然成了世界上最漂亮的前30位女性之一，当然，这只是根据一本男性杂志的排行榜而得出的结论。在这个排行榜出炉之前，我根本不知情，还是姑姑给我写邮件我才知道了这件事，"太意外了，卡特琳！我简直为你骄傲。你又成功地成了大家喜欢的人了！"

我在热门电视台"黄金明星TV"众多出色的女主持人中很不起眼儿，位置也很靠后，比萨拉·帕林还要落后两名，是的，萨拉·帕林，萨拉和我是上榜的30位女性中仅有的两个没穿比基尼的。

"亲爱的姑姑，"搞清楚了事情的原委后，我特别想给姑姑回一封邮件："在这个排行榜上名列前30对我来说不是什么值得高兴的事情，正相反，它对我打击很大，因为这就是在告诉我：我在主持人的本职岗位上并没有做出什么突出成绩。你亲爱的卡特琳！"

我最终并没有把这封邮件发出去。谁知道呢，说不定明年又会选一次，把我从前30名剔除出去了。我只需要做到不闻不问就可以了。像这样的虚名如果不期而至了，坦然接受是最好的选择……

Chapter 04

星期四 尴尬、混乱与现实

关于女权主义

这样的自由

阿伦市有一位女士叫小花,因为她的头发上总是别着一朵小花。

小花女士拥有一头棕色卷发,像嬉皮士那种随意的大卷,乱糟糟地堆在头上,似乎从未被专业造型师修饰过。她保持这样天然的发型不是因为崇尚环保,而是因为她本来就不注重外表。

下午的时候,她和两位男士坐在桌子旁,听他们谈论女性解放。我恰好在旁边看报纸,但不一会儿就被他们的对话吸引了,再也无法集中在我的报纸上。好吧,我可不是故意的,真的不是,只是恰好坐在他们旁边的桌子,没办法不听他们的对话。其中一个男的说,男人都是一样的,可是女人差异却很大,像爱丽丝·施瓦茨[1]那种女人就是女人中的战斗机,所有女人能干的事情她都能干!另外一个接着说,现在的女性应该很满足才对,因为她们再也不用受压迫,甚至还能自己决定要不要生孩子、要不要工作。这一切都要归功于爱丽丝。

坐在一旁的小花女士全程一言不发,只是聚精会神地倾听,偶尔眨眨眼睛,抿一口咖啡,点一支烟,悠闲得好像周围的一切都与她无关,她似乎只想寻个安静,却被迫加入这场谈话中。听了一会儿,她终于忍不住了,狠狠地掐灭了烟头,怒气冲冲地站到这两个男人中间大声吼道:"拜托?打扰了!我觉得爱丽丝·施瓦茨做的所有事情都是凭她自己的想象。她做这些事情之前,怎么没想到问问我愿不愿意?"

做正确的事

我参加了一场慈善聚会,所有人都带着满满的善意而来,整个晚会沉浸在爱的光芒中。所有人聚在一起做善事是很容易的,因为我们虽然抱着要做善事的心而来,但实际上除了到处走走、享用免费酒水外,什么也没做。

《艾玛》这个杂志的宗旨是劝说所有的女性为自身解放做努力,成为一名女权主义者。在女权主义者的观念里,化妆是一件应当受

---

[1] 爱丽丝·施瓦茨:德国女权主义者,女权主义著名杂志《艾玛》的创始人。

到谴责的事情。"女为悦己者容"——这样的观点是应该被唾弃的。高跟鞋只不过是刑具。如此推论下去,女人恐怕只有穿得像男人一样,才能算作是真正的女权主义者。

而我又穿了什么呢?

首先是12厘米的高跟鞋——我的最爱。这绝对会与某些人的看法相悖。老实说,如果要彻底解放女性,就应该在每双高跟鞋的鞋底刻上"高跟鞋妨碍女性解放"的标语。其次,我穿了一件经过特殊剪裁的衣服——正面看长度到膝盖,侧面却是高开衩,一直到大腿根儿的屁股下面。也就是说,前面看起来很端庄,侧面看起来效果完全相反。

聚会结束后,我端着一杯酒遇到了一位男士,他个头不高,是《艾玛》杂志的主编,四十岁左右,他还没自我介绍名字,就对我的着装评论起来:"鲍尔范德女士,您出门是忘了穿裤子吗?"

我回答道:"请您注意您的言辞,我的衣服算不上有伤风化!倒是您这身廉价的西服让我大开眼界,穿一身这样的衣服还不如套着塑料袋呢!您是怎么混进来的呀,如果说您在中学的时候从来没有女生搭理,我觉得完全合理。您请自便,最好能离我远一点儿,我看见你就特别烦,对了,走之前再递给我瓶啤酒,没教养的家伙!"

当然以上只是我暗自腹诽,并没有当面说出来。相反,我一声不响、原地不动,脚上还踩着12厘米的高跟鞋。

女孩子就应该为男孩子服务

女权主义者中的狂热分子要数女同性恋者了。我小的时候既不理解什么叫女权主义,也不理解什么是同性恋,总之,我不想成为这两种人。

我从来没有参加过和女权主义有关的游行,因为我根本就不知道游行对女性解放有什么用。不过,我发现女权主义者和女同性恋者在电视上谈论的内容,其实和女权主义一点儿关系也没有。

记得历史书上说,从前年逾古稀的丈夫可以抛弃原配,另择佳偶。这样的陋习实在令人愤怒,但好在已经过去了,现在的社会风气完全不同。

然而,在奶奶的那个年代,如果我表弟坐在桌子旁边说:"我渴了!"奶奶就会马上命令我:"别睡了,卡特琳,去给弟弟倒杯水!"

我当然不会去,这倒不是因为我信奉女权主义,而是我觉得他又不是不能自理,为什么让我伺候他。"托比亚斯有腿,不会自己去拿吗!"我回答道。谁渴了就自己去倒水喝,凭什么男孩儿渴了却让女孩儿去给他倒水喝?

"反正我不渴,他渴了自己会喝!"每次我都是这样回答的。

"你是女孩子就应该这样啊!"每次奶奶都是这样劝我的。

接下来奶奶就开始生气,我也生气。我接受的教育里,从来没有把"女孩子就应该这样做"作为理由来让我必须做什么事情。僵持到最后，结果就是奶奶自己去给弟弟倒水了。

时日无多？

我不喜欢穿着暴露，过于裸露的衣服会让我感觉非常不自在。硕士学历的我相对社会上的其他女生来说还算保守，或许我潜意识里认为，正是因为我受过高等教育，所以不应该穿着过于暴露。问题是，事业线是每个人都能看到的，硕士文凭却不是时时能够拿出来显摆的东西。我认为在电视一类的可视媒体上不用太注重外表，或许这样的观点有些幼稚？

不久之前我才从主办方那里了解到他们对外形的要求。

"您看起来很好！"主办方客气地寒暄过后，就让我在一边休息，一直休息，长时间的休息。他们为什么选择邀请我呢？我很疑惑，但得到的答案只有这个："您……嗯……很……聪明……还很……嗯……有趣！"

记者，准确说是男性记者们有时候会问我："您会不会考虑换个工作，这个工作您还能干多长时间？毕竟您也是30多岁的人了……"

爸爸也建议我换个职业。我总是这样回答他："爸爸，你不懂。"他确实不懂电视行业，可是他说的话也有一定道理：追求事业成功说到底是男人的事！

除了卡门·尼泊和佩特拉·格尔斯特之外，很少有女主持人超过了五十岁还能在电视上出现！如果我年龄大了之后，既不能报道新闻又不能主持音乐节目,那必将是我人生中最难过的时光。我最近去看了一件大领的衣服,领子低得几乎会露出胸来,虽然我在考虑放宽自己的尺度,可是也没必要一下子放这么宽,如果这件衣服的领子没有那么低的话,也许我当场就买下来了。

电影,成熟

如果用女权主义者的视角来观察这个世界,你就会深刻体会到物极必反的道理。一无所有的时候想拥有,拥有了之后又不堪其扰,想要尽快摆脱。

比如电影里的经典桥段:一个普通的50岁男人正在吻一个30岁的女人,突然这个吻停了下来……男人在这个吻开始的时候就已经后悔了,害怕今后的生活会因为这段恋情而不得安宁……所以他停了下来,女人却还天真地问:"怎么了,我做错了什么吗?"

我做错了什么吗?这是个什么问题啊?谁设计的这个狗血桥段!什么年代的人会提出这样的问题,2013年还是1953年?很显然这个男人有问题啊!一直都是他的问题!这样说夸张吗?怎么了,我做错什么了吗?

消除差异

在柏林我曾经和一位女编剧聊过天儿,我说:"你是编剧啊,太棒啦。你看看现在的电视剧,都是用女性的裸戏来吸引大家眼球,你能不能写一个剧本,女主角不用全裸,也不用脱光了去洗澡,也没有什么诸如偏头痛之类的怪病……不抵触性行为，话不多不少，而且不会白痴到去问男主角'我做错什么了吗'这种问题。"

女编剧："嘿，真是出怪事儿了！轮到你指导我了，我自己就是女的，编故事很拿手的，不需要你指导啊！"

我说："你看看，只说了几句就惹你不高兴啦，得了吧，别那么斤斤计较！"

她说："好吧！你有本事你来。我小孩今年1岁了，正是需要人照顾的时候，我得在家里陪着小孩。"

旁边站着的一个涂着粉色唇蜜的小姑娘说："啊，对不起，我不是故意想听你们的对话的，可是我真的觉得你俩都太好斗了。为什么你们老想着要变成女权主义者，实现男女平等呢？男女本来就不一样，比如女性的结婚愿望总是比男性强烈，有些男女差异根本就是天生的，改变不了嘛！"

完美离我有点儿远

体重永远是女人最关注的话题。从一生下来就是——"艾利克斯·克鲁森博格尔，50厘米，3200克。"

当然，其他的特征也很重要——眼睛的颜色、鞋码、性格。然而，从婴儿到成年，体重这个指标的变化是最大的。这就不得不提到减肥了，说到它我还是有些优越感的，因为我从来没有为体重伤过脑筋。也从来没尝试过节食减肥，我就是那种天生吃不胖的体质。我的家人都很能吃，直到现在我家还保留着这样的传统，谁如果能吃完三盘面，谁就会得到奶奶的口头表扬："吃得好，身体棒！"就连评价一个餐厅的好坏都是根据这个餐厅的肉排大小来决定的。如果肉排边超出了盘子边，那么这家餐厅就会得到我们全家人的极力推荐。沙拉只能用来填一填缝隙。有时候一块肉排还不够，吃到第二块才能得到满足。在这样的家庭里长大的小孩，肯定不会得厌食症的。

我从来没有想过要用挨饿的方法来塑造魔鬼身材，如果自己的身材穿不了比基尼，那我宁愿不去露天游泳池，我的理念就是这样，从不后悔。

事实上，我曾经迷信过药物减肥。16岁那年，我鬼迷心窍地相信，有一种药可以让你不用节食就迅速减重，因此从药店里买了一些准备尝试。我之所以相信这种药有这样的神奇功效，就是因为有人当着我的面儿讽刺我说："卡特琳，你丰满得像鲁本斯[1]笔下的女性……"

鲁本斯那个年代的确是以胖为美的，可是380年之后，美的标准早已发生了翻天覆地的变化。16岁前，我从来没有觉得现代社会以瘦为美的标准对我有什么影响，直到有人用鲁本斯作品中的女性来形容我，我才意识到问题所在。（为什么大家对女性的身材这么关注呢？如果一个男性身材过瘦，会不会也有人说他"瘦得像贾科梅蒂[2]的雕塑一样……"）

---

[1] 彼得·保罗·鲁本斯：佛兰德斯画家，是巴洛克画派早期的代表人物，笔下的女性形象多丰满。

[2] 贾科梅蒂（1901－1966）：瑞士超现实以及存在主义雕塑大师，画家。他的雕塑呈现典型的特色：孤瘦、单薄、高贵及颤动的诗意气质。

我佯装镇定地走进药店，给药剂师说我要为朋友买药。青少年要做些难为情的事情时，总是要借口是帮"朋友"办事。

"姑娘，你知道这药怎么吃吗？"

"嗯……不太……清楚……不是给我买的，是替朋友买的。这药要怎么吃啊？"

吞下第一片药的时候，我特别激动，因为我是一个喜欢尝试新东西的人，生活中任何细小的变化都会令我感到新奇：新鞋、新的建议、新的朋友，无论是什么，我都会兴奋两个星期。可是这股热乎劲儿一过，我就会觉得这件事很无聊，所以，对于吃药减肥这种需要长期坚持的事情，我下定决心，再也不像以前那样了，每天都要按时按量吃药，否则在吃药这件小事上，我都会成为一个失败者。

那时我觉得模特米歇尔·亨泽尔、凯特·摩丝，以及黛安芬内衣的模特们的身材特别好，这促使我开始自己人生中唯一的一次减肥。直到有一天，我对着镜子里检视着自己的身材，再看看广告里模特们的身材，才突然醒悟——我永远都不可能像模特那样吸引人，因为她们不仅拥有魔鬼身材，还拥有精致的脸庞、高挺的鼻梁、顺滑的头发。长相是天生的，你长什么样子，就是什么样子，做任何努力都是徒劳的。

当然，这话也不一定正确——爱美的女性总会想到办法的！瘦下来的原因无外乎是遇到了压力、遭受了失恋或者偷偷地暗恋别人。也就是说，体重变轻是在很偶然的情况下才会发生的事情，并不是简单地因为夏天到了，就必须要减肥。当然，我冬天的时候身材特别好，不过别人看不见就是了！

好身材对我来说，就像在阿尔巴尼亚买一套度假别墅一样，没有任何追求的必要。我已经这样生活30年了，完全了解我自己，即便拥有了理想的身材，我还是会去尝试新的塑形项目，因为追求完美的道路是没有尽头的。只有像大明星奥黛丽·赫本，或者妮可·基德曼那样的女人，才会在众人面前保持住完美的形象，她们就算遇上了车祸，想必也会优雅地从冒烟的废墟中爬出来。这绝非一般人能办到的事情，这种苛求完美的精神就像卷舌头一样，完全是天生的，他人可效仿不来。

完美主义者把自己从头到脚地武装起来，每一寸都一丝不苟，连指甲也没有忘记。我真不明白，为什么有些人愿意花那么多精力摆弄指甲，这多浪费时间啊。在生活里，她们的指甲油永远不会脱落，脸上的妆容一直精致贴合，随身的包里总是放着梳子、手绢和雨伞。这样的习惯的确很好，可是要让我做到这些简直比登天还难。所以，当这些追求完美的女士们随时都已准备好应对突发事件时，我只能惊讶地站在她们旁边，如同一个路人。

其实，我的身材难题并不是肚子、腿和屁股，而是脸和头发。

这两处绝对是我最大的敌人。从 18 岁开始我就一直使用瘦脸霜，因为我的肉全都长在脸上，更糟糕的是，我的脸上还容易有其他的毛病——晒斑、皱纹、痘痘，每一个都让我苦恼不已。我的肤质也不稳定，有时候干，有时候油，有时候湿气又特别大，偶尔还会同时出现这三种情况。我尝试过使用护肤霜，但这没有一丁点儿用处。所以，一下子解决所有问题显然是不现实的。我为自己的脸付出了很多努力，这几乎变成了我的一个爱好，但这并没有让实际情况变好，晒斑、皱纹和痘痘经仍旧在那里。

过去，我对弄头发一点儿兴趣都没有，觉得头发和流苏花边、尊巴减肥舞、瑜伽一样，是可有可无的东西。我天生的发质就不是很好，发丝很细，又是自来卷，天气稍微热一点儿，温度稍微升高一点儿，我的头发立刻被"烫出"一头乱糟糟的新发型。所以，如果有一天，你看到我的发型和《风月俏佳人》中朱莉娅·罗伯茨的一样，不必惊讶，这很正常。说到底，我的发型和我的年龄根本不搭，说不定等我成为老太太的时候，仍然会顶着一个爆炸头。好在，如今我已经改变了想法，准备尝试所有的护发方法来搞定我这一头乱发。如果护发产品有一天因为在动物的身上做实验而感到不安，他们完全可以来找我，我愿意尝试任何一种护发产品，毫无异议。即便是那些让老鼠身上的毛掉光了的护发产品，我也愿意一试，绝不放过任何一个可以改善发质的机会。我几乎用心浏览过每一个美发护脸的博客或论坛,而且往往一看就看到凌晨三点,只为了找到某个问题的确切答案。

　　我最近就在报纸上看到,洗头发可以不用洗发水,只用水。根据某些媒体人的说法,洗发水的时代已经过去了。他们说,洗发水里含硅,尽管硅的清洁效果很好,可是却很伤头发。用含硅洗发水洗过的头发看起来漂亮顺滑,但很快就会变得干枯毛躁。网上关于"清水洗头"的说法称,所有好莱坞明星都已经加入了这个行列。他们对洗发水说不,只用清水洗头。方法如下:每天用清水洗一次头,每周用一次不含硅的护发素。只需要按照这个方法,两周之后,你就可以拥有一头完美的秀发。

　　我决定试试这个方法。

　　在我刚刚坚持了4天的时候,头发上就已经结了一层令人作呕的发油。要么是我用的水和好莱坞的水不一样,要么就是这个所谓的"清水洗头"根本就是一个骗小孩儿的谎话。

　　还有人说面粉和玉米粉可以吸附油脂。因此,我毫不犹豫地买了一斤面粉倒在了头发上,油脂是去掉了,可是发质还是没什么变化。

　　我又听说橄榄油可以让头发健康闪亮。当我把橄榄油倒在头发上的时候才意识到,不用洗发水是洗不下来这些油的。如果不用洗发水洗这些油的话,应该怎么办呢?答案是用更多的面粉。我头发上的面粉和油都能做匹萨了。这样一来，头发被油和面粉糊在一起，看起来更加恶心了。据说发酵粉可以去硅，还可以为头发做护理。于是我又在头发上撒上了发酵粉，头发瞬间变得像野猪的鬃毛一样硬邦邦的。我当时正在旅行，不可能每次洗头都遵循这套复杂的步骤，所以不得不每天用梳子把头发上的油往下刮。

旅行结束时，时间也过去了两周，我的发质经过一番折腾没有任何改善的迹象。对我而言这没什么大不了的。就像别的女士们正艰难地在节食减肥和拒绝碳水化合物的道路挣扎时，我每天都在尽情地享用美食。哪怕体重不知不觉地增加了3公斤，我也从未感到羞愧。

性用品

性就像足球和政治一样,即便没有亲身经历过,人们也能就这个话题说上两句。5岁的时候,我就从妈妈那里得知,小孩子能来到这个世界上和"送子观音"没什么关系,这都是爸爸妈妈的功劳。从那时开始,我慢慢地知道了越来越多的性知识。我了解了很多,却不敢对别人说,只敢和杰西卡聊一聊。还记得我们第一次彻夜长谈就是一边浏览网页上的性生活用品店一边进行的。心型阴毛人体模型、人造阳具和企鹅形状的震动器,还有一些尺度更大、足以让人尖叫起来的性用品!

那是我们两个最高兴的一个晚上,我们彻底揭开了性的神秘面纱,彻底了解了这个字的内涵。两个小时后,杰西卡问我:"你说,震动器和人造阳具有什么不一样啊？"

"不知道。"

这段经历让我想到了《欲望都市》这部电影，它不能算是系列电视剧，反倒更像一部电影，而且如同名字所暗指的那样，它的内容充满了性暗示。与剧中的主角不同，长大后的我和我的朋友们早已经不再讨论性，而是更关注金钱、上帝、癌症和食物。

现在，杂志上会光明正大地登出男女全裸的照片，卢森堡广播电视台下午放送的节目里也可以看到一众女性大露"事业线"。"让我们来谈谈性吧"成为九零后热衷的话题，而非我们这个年龄段的女人会成天挂在嘴边的事情。

我从小成长在一个周围人都不用正常态度看待性用品的地方。如果你想进音像店买张碟片，千万注意不要走错了门，因为阿伦市的音像店有两个入口：一个入口是正常入口，另一个入口则有些特殊。只有过了18岁，才可以进入那个特殊入口。看那些之前不能看的影片——所谓的"不健康影片"。父母能很清楚地区分，哪些影片是健康的，哪些会让小孩儿变坏。从右边的门走进去就会买到令人变坏的片子。在这种氛围下，孩子们就认为所有从右边门进店的人都是变态猥琐的人。

二十年后，来到柏林的我惊讶地发现，人们几乎都从右边门进音像店。性用品店的门更是没有左右之分。大家不仅可以坦然地从右边进门,还可以毫无顾忌地讨论性的话题。我的朋友佩就生活在柏林,有一段时间,她和同事聊天的内容除了性几乎没有别的内容。她努力适应着柏林的性文化氛围,就好像只要她融入这个文化,就能融入柏林这个城市,融入这个开放的大都市!大家仿佛在暗示自己,同时也向别人表明:你看,我不会被任何老观念束缚!

佩在谈论性用品商店的时候就像别人在说超市购物一样自然。无论顾客是否已经尝试过最新款的冰爽润滑剂,性用品商店的售货员都会对顾客推荐说:"一定要尝试一下,肯定会让您有一个难忘的经历。"对我来说,性生活用品店就像纽约这样的大都市一样——可望而不可即,听说过很多次,可自己从未进去过,这让我觉得自己很落伍。要知道,小时候我甚至会因为知道别人的亲吻经历而感到恐慌。

佩说,柏林的性用品商店很是人性化。如果女性不好意思直接去买震动器,你可以去收银台取一个带有有趣标识的按钮,如:"鸡蛋!我们需要鸡蛋!"

这样一来,就不存在所谓的"不健康商店"了,只剩下"充满美的商店"。

我总觉得"美"这样的词汇与性联系起来不太科学。"美"是用来形容花花公子杂志上的女郎的。难道在性上追求绝对的美感,就会像吃巧克力的时候加全脂鲜奶、不要智利杏仁一样显得很有格调吗？

人不会无缘无故害怕什么东西，拘束、害怕这种情绪肯定是有原因的。我就很怕进性用品店，因为我总是考虑很多问题。

我要不要像进五金商店一样自然地走进去？像准备买一把剃须刀那样？"你好，我想看看蓝色海豚那款。剃须效果如何？充电时间多长？让我试一下怎么样！有问题的话我能无条件更换吗？"

虽然想了很多，可踏进性用品商店的那一刻，我还是感觉非常尴尬。我尝试用佩教我的方法来应对一切状况，放松自己，不要拘束。

我的问题在于——只要谈到性，我就会局促不安。有些人受自身的教育背景、周围环境或者工作内容的影响，能够轻松地谈论关于性的话题，而我并不是他们中的一员。

售货员很自然地向我问好，态度热情，声音洪亮："您好，欢迎光临！"所有人都转过头来看我，在我的观念里，这样的情形只会发生在大家看一个神经病患者的时候。"您想买什么？"售货员大声地问。所有人又盯着我看，至少我自己是这么感觉的。

"不了，谢谢，我就是看看。"

我在店里转来转去，足足用了15分钟来调整自己的状态。离我不远的地方就放着之前提到过的按钮、避孕套、润滑剂和一些有趣的商品，如兔女郎套装、价值4.99欧元的兔耳朵发卡和毛茸茸的尾巴。为了让别人觉得我来这里只是单纯地想买一件有趣的礼物，我买走了那套兔女郎套装。我慌张得像是急于证明自己没有犯罪的罪犯一样,身后仿佛有警察在高声追着我喊:"举起手来!您到这里准备干什么?"

我感觉自己就像是在一家没有试衣间的内衣店里买内衣,根本没办法正常购物!内衣的款式和颜色都属于私密的个人信息,没有试衣间的店会把这些信息完全暴露出来。即便不是故意的,别人的脑子里也会浮现出你试穿内衣的画面。所以,网店就是为有我这样的想法的人开的。

可是我来这里的目的是为了消除自己对性的拘束情绪啊!我在商店的最里面来回转悠,尽可能让自己不那么引人注意。左手边的货架上是震动器,右手边是跳蛋。"跳蛋"这个名字听起来还正常些,和"鸡蛋"就差一个字。只买一套兔女郎套装似乎有些太寒酸了,但是一个一个看那些性用品的使用说明实在令我无比尴尬。这很有可能导致我买到不知道怎么使用的东西。除了跳蛋,它是那种特别内向的人也大概知道怎么用的东西。我从别人(也有可能是从卢森堡广播电视台的报道)那里听说,这种东西可以帮助使用者获得性高潮。

我鼓足勇气走向收银台,售货员喊道:"找到您想买的东西啦?跳蛋?这是个很棒的选择。希望您使用愉快。"

他边说边露出了意味深长的笑容。我看了看跳蛋,觉得这个场景就缺一个顾客指着我说:"您是3sat电视台的女主持人吧。"说实话,这家商店就和我的客厅一样大,他竟然还自作聪明地以为自己在说悄悄话呢!好吧,您可以说我保守,可是我就是认为在咖啡馆里和流动餐车旁边讲电话,或者在性用品商店这样的公共场合大喊大叫是特别不礼貌的事情。

在回家的路上,我觉得自己有点儿猥琐。我不仅大胆到去买跳蛋,甚至还拿着它大摇大摆地走在街上,这简直太疯狂了。

"或许到2013年我就有坦然接受的勇气了吧!"我安慰自己说。

到家后,我读起了产品说明书:"阴道振动球适用人群为受子宫下垂或子宫后置困扰、想要锻炼骨盆肌肉的女士。"

这两个毛病我都没有啊,就像我很少经历过持续高潮一样。我灌了几口萨姆布卡酒,准备为自己壮胆,到店里去索赔。最后我还是决定不去了,因为这样的行为一定会被笑死的!

给性爱打分

我们很难想象朱丽叶爱上罗密欧和性事一点儿关系都没有。更让我们这代人难以理解的是,爷爷和奶奶坚持到金婚只是因为他们习惯了对方。与过去不同的是,现如今人们都特别关注别人对自己性爱上的表现的评价,如"简直太棒了""再来一次"等。没人愿意听到这样的评价:"她人真的很好,就是床上表现太差了!"与其被这样说,还不如听到这样的话:"这女人笨死了,不过却是个性感尤物!"

多年以来,我都努力地想要让自己在性爱上表现出色。至少要比德国小姐、欧洲中央银行女主席或是全国掷铁饼冠军要好。据我所知,很多人都是这样想的。

为了不被男人评价为"床上功夫差劲",女人们会尽量迎合男人的性要求,甚至在和咖啡店里那些只有一面之缘的男人做爱的时候,她们都会假装大声呻吟,只是为了避免被问这样的问题:"喂,你到底有没有专心啊?"(现在我知道了,假装出来的呻吟是有规律的,男人根本察觉不出来。)

我只愿意平躺着做爱,为的是不使胸部吊着。侧躺也不行,因为那样肚子会突出来。后入式会让男性觉得"不行",是因为他们在整个过程中只看得到墙。

最保险的方法是——把灯关掉。这样一来,大家都看不到对方的缺点了。即便是在黑暗中做爱,女士们也会担心:如果我以后人老珠黄了,他还会不会爱我?他会不会觉得我太胖了?我的胸够不够大?和女人不一样,所有的男人都不会对自己有这样的想法。(当然并不是因为他们不胖、不矮、肌肉发达,他们只是下意识地觉得自己很棒,和布拉德·皮特没什么两样。)

女人们还会担心,万一自己摆弄避孕套的时间太长了怎么办。是不是只要顺从,就会做得好?是不是因为男人总是主动,所以我们只要跟着他们的节奏来就行了?

我不知道这些问题应该去问谁。我一点儿概念都没有。难道我要问别人"我床上表现不好,有些问题要请教您"吗?这太难为情了。

为了让自己看起来更有经验,性经验并不丰富的我最初的状态简直就像在打仗。从床这边滚到床那边,只是为了在短时间内尝试所有的姿势。就连程序都是在脑子里写好的:他在上面——完成,我在下面——完成,他侧躺——完成,我就像是一个拍电影的导演——不好,抽筋了,管它呢,接着来——完成了。终于结束了!

有时候我也会玩玩车震。结果却没有想象中好:我紧张得就像要在舞蹈家皮娜·鲍什面前跳舞一样。最终,痛苦地号叫代替了本应该有的呻吟。"你怎么了,亲爱的?""没什么,很好,咱们接着来!"要在做爱的时候说实话比在交税的时候说实话都难,这样的实话比穿着花花绿绿的大内裤更让对方扫兴。

在受了很多年的折磨后,我问自己,为什么我要掩耳盗铃,暗示自己每一次性爱都是愉快的?这样的想法真的对吗?为什么对方整个过程中话多得像贝拉·瑞提在解说球赛一样?为什么他快高潮的时候表现得像狂欢节倒计时一样?高潮的时候他到底是何种感受?他就像印度人一样,只顾埋头苦干,最后发出短暂的呻吟,啊……然后戛然而止——这难道就是整个过程?而整个过程中,女人们总是躺着的,无论过程是激烈还是安静,出力的总是男人。

性就像欧盟国家,理论上看起来很合拍,实际在小事情上有很多分歧。比如戴不戴套这个问题,男人和女人的观点总是不一样的。如果我们女人长期直接接触不同男人的阴茎,就有可能感染阴道真菌。这些话是我和阿妮卡一起上厕所的时候听她说的,这样的病没有一个人想得，可是她却正在遭受这个病的折磨。只要有性生活的人都会得这样的病吗？还是说只有像阿妮卡这么开放的人才会得？

只有当我们女人知道了一切，才能够长久地拥有舒心的性生活。只有常年拥有舒心的性生活，我们才能觉得性是一件很令人愉悦的事。只有这样，性才能成为改善两性关系的好东西，为爱情增添佐料。

和谐的性是双方共同努力探索的结果，不断地尝试找出对方的兴奋点是必不可少的环节。

但事实是，愿意探讨性话题的人并不多。我们每个人都可以直言表达自己喜欢吃肉，不喜欢吃芹菜，但我们却很难要求性伴侣"再向左两厘米"。如果女人在刚开始的时候没有解释清楚，那么在和这个男人共同度过的余生中总会觉得少两厘米。直到夫妻俩银婚之年，才向对方说："亲爱的，这么多年你一直都没在正确的位置上！"这样的话特别伤害夫妻的感情，尤其是在丈夫这么多年来都努力做足前戏的情况下，还得到了这样的评价，他的自尊心会极度受损。

女人总会因为各种各样的原因无法专心于性事，"时间来不及啦，我要去购物"或是"今天是不可能好了，终于要结束了……"或者"我需要和他谈谈钱的事情，这样就能转移一下注意力，他刚结婚的时候，表现也没这么糟糕啊！"

除此之外，大家都不想表现得很没礼貌。如果你被邀请去吃饭，饭桌上摆放着蘑菇饭，即便你不喜欢吃蘑菇，也要感谢别人的邀请。

不会有人刚下了床就批评对方表现不好，谁会这样说："弗雷德里克总是蒙混过关，满分是 10 分的话我只能给他 4 分。"

　　对这种事情进行评价不是我擅长的事情。如果非要评价一下的话，我觉得应该是这样的：我们假设评分从 1 到 10 分，1 为最差，10 为最好，我觉得，这个分数范围内，性爱中的双方得到的分数应该是一样的。这是从一开始就注定了的，不可能改变。如果两个人一共得了 5 分，那么即便采用情趣工具也不能保证分数一直保持在 8 分以上。无论用什么方法都不行。还有一点我想强调，对性爱进行评价是两性关系中最多余的十件事之一，这是德国技术监督基金会的调查结果。

应对尴尬

我们都知道,领导岗位上的女性一般情况下比男性少,这是为什么呢?在我看来,问题的根源在于女性对待失败的方式和男性完全不同。尽管目前没有科学研究证明这一点,但我觉得自己的经历可以算是一个例子。

九十年代末,为了和中意的男生约会,我这样打扮自己:米色的夏裙,白色的上衣,精心修饰过的头发。这个男生和我同一年级,不过是在另外一个学校,是我同学的哥哥,他很喜欢阿伦这个地方,觉得这里非常有趣,充满了异域风情。而且,他还会说一口标准的德语!我们在咖啡店里待了两个小时,感觉非常好。约会结束后,我们走出了咖啡店,他紧紧地跟在我的后面,说:"嘿,你裙子上有个红渍!"

我以为他只是想和我开个玩笑,于是我转过头笑道:"这个玩笑很有趣!"

不料他接着说:"不是的,这不是玩笑,你的裙子上真有红渍。"

我奋力扭过身,看到了他说的:一片红渍。刚好就在屁股那个地方。

我试图用手提袋挡住那片红,这到底是什么啊?我一直吃药调整例假时间,所以我很清楚例假应该哪一天来,不应该是今天啊!

男孩满脸尴尬地向我告别:"我还有点事情,咱们改天……"而我就站在咖啡店门口,不敢离开,努力用手袋挡住红渍,他则迅速地消失在了步行街的尽头。我觉得自己仿佛站在十米跳水台上,准备完成向后转体三周的规定动作,却在跳下去的一瞬间失误了——像炮弹一样直接扎入水中,成了一个彻头彻尾的失败者。

随后,我三步并作两步跑回了家,一路上都用手袋捂着屁股。

难道是我忘了吃药?要不然是生病了?要不就是见鬼了?

回到家,详细地检查后我找到了答案:我没记错,今天确实不是例假日,一定是不小心坐在什么红色的东西上了。草莓、接骨木果汁还是口红之类的,到底什么东西啊?没人知道这是什么讨厌的东西染上的!我真是太难堪了,永远都别想解释清楚这件事了!这真令人沮丧。

我洗掉了裙子上的红渍，可是我再也没有穿过这件衣服。直到现在，我还一直坚持例假的时候只穿深色衣服。因此，这样的事情再也没有发生过。

现在转换到下一个场景……

一次，我乘坐一艘游轮去办事儿。这是一艘小邮轮，总共不过有12块甲板，但上面竟然有1700个乘客，这数字听起来就很惊人。再仔细算算，如果除去客舱，实际只有4块甲板供1700人活动。甲板拐弯处还挂着这样的牌子：为了照顾其他顾客，请您在此处停留时间不要超过20分钟。

我很不喜欢和大家一起挤在如此狭小的空间里。还记得18岁的时候，我曾经对妈妈承诺，将来一定要坐上梦想中的大游轮，而且游轮上只有我和妈妈两个人！可是我们到现在都没有实现这个梦想，只能搭乘小邮轮。和其他乘客相比，我似乎有些格格不入，因为他们中的许多人都陶醉地坐着，仿佛正置身于电视里的豪华游轮。

和大西洋的海浪一样，爱尔兰海的巨浪高达6米，几乎要打到甲板上了。整整两天我都没有呼吸到新鲜空气，因为所有出口都关闭了，并且还有船员把守。11号和12号甲板摇摇欲坠。这样糟糕的情况逼得我几乎要诅咒全人类了。事实上，如果这个时候你还能不晕船，简直是世上最幸运的事。

整条船充斥着呕吐物的味道。我幸运地没有晕船，坐在厕所旁边观察出来进去的人们，发现大家无一例外都是撅着屁股冲进去的。我开始猜测，谁会是下一个。这么小的船，我很快就把大家认全了！

现在就要说到那位令我鄙夷的先生了，他是一个会说6国语言、随时能和各国人搭讪的比利时人。第一天上船的时候我就注意到他了，或许是因为他个子太矮，凳子太低，而桌子又太高，或许是因为他的西装上衣太大，总之他整个人看起来非常不协调。每次坐下的时候，他都要把手臂撑在桌子上，西装的垫肩因此都高过了他的耳朵。第二天晚上，我们是最后一批到酒吧的客人。他要了男士们喜欢的啤酒和白酒，而我则在一旁读书，沉浸在马克思·弗里施的世界里。意外的是，他突然跑过来问能不能坐在我旁边。我回答他：“我在看书！”

然而，他毫不犹豫地坐下了，似乎把我的那句"我在看书"解读成了"很乐意您坐在旁边和我聊聊天，您看起来比马克思·弗里施都聪明呢"。

他年纪不小，穿着牛仔裤和白衬衣，属于那种在十分钟内自动向你详细交代自己所有个人信息的人，他自己上的船，已婚，可是爱人不喜欢乘船，更喜欢和朋友们一同去郊游，他已经退休了，每天的零花钱只有22欧元，都花在了喝酒上。

这个比利时人的工作和欧盟有关，对政府内部的事情非常了解，外交部长都要用吻面礼来欢迎他。他分不清自己到底是欧盟议员还是门卫。这个比利时人不仅和我谈论欧盟的事情，昨天他甚至想和奥地利人谈论欧盟，遗憾的是，奥地利人对欧盟一点儿概念都没有。

我真的要听他喋喋不休地谈论欧盟吗？他又在说希腊了。他对我说所有希腊人都很懒，都想不劳而获，要是让他们干点什么，他们就上街游行。

我专心致志地读手里的书，根本不在意他说些什么。突然，我听到了打开矿泉水瓶的声音。我抬起头看了看四周，这铺着柔软红毯的地面怎么变暗了。我简直要疯了！为什么会在我的旁边？为什么我这么倒霉？为什么我要在这条船上？那个比利时人屁股底下垫着的土耳其垫子颜色变深了，天哪，这位欧盟的管家似乎把整个椅子尿湿了。

他甚至还发出了奇怪的声音，我在想，这时候应该做什么？难道直接站起来说："你简直脏得像猪一样！"然后愤然离场吗？

照理说，这时候他本应该尴尬地离开，不料他却若无其事地点了支烟。我只好也点了一支，此时的情形很清楚：谁先走，谁就输了！我宁愿整个晚上都这样坐着，也一定要胜利。这是关乎原则的事情！

他又抽了两支烟后，屁股悄悄向前蹭了一点儿，刚好躲过了湿处。然后他说："啊哈哈……"我猜这不是他会的那6种语言中的任何一种。

他终于站起来了，整理了一下裤子，又嘟囔了一遍："啊哈哈。"

他的牛仔裤湿了一片，从屁股向下一直延伸到膝盖处。可是，这位先生却假装什么事情都没发生，走的时候还不忘瞅一下我这个方向，朝我挥手告别："啊哈哈。"

　　第二天，船上的工作人员就印制了一张标准 A4 纸的通知贴在这张湿椅子上。纸条上写着"湿椅勿坐"，并且翻译成了 7 种语言。德语是：NASSSTUHL。

　　晚上，这位尿湿椅子的始作俑者找到我说："我想向您道歉，今天是我认错人了，把你和我原本要找的人弄混了。"

　　原来是这样，他是想在另外一个人面前撒尿。就在这个时候，一位老先生一把拿过那张标有"湿椅勿坐"的椅子，对他的妻子说："看起来没有多湿啊！"当然，这话是他没坐上去之前说的。

　　这个比利时人只是看着这位老先生，默默地向服务员要了一杯饮料。我对他处理尴尬事件的方法十分钦佩，我猜，他定然会把这个技能带进欧盟议会里去的。女人们只有在自己不知道的情况下才会弄出这样的尴尬事，然而，在这艘船上的见闻教会我如何应对这样尴尬的时刻。哈哈！

学会说"不"

拒绝是很难说出口的。直接说"不"比只是想一想艰难得多。所以,我的朋友经常劝我:"卡特琳,你必须得学会说'不'!"

"知道啦,知道啦。"我嘴上说着,心里却还是很矛盾,鼓不起拒绝别人的勇气。

我这个毛病从很小的事情上就能看出来,"你可以帮我从邮局捎个包裹吗?应该顺路吧!"

我其实特别想拒绝,因为去邮局根本不顺路,可是话到嘴边怎么也说不出来。我总是有很多顾虑,比如:如果我拒绝的话,会不会伤害对方的感情?于是,已经到嘴边的"不"变成了"当然可以"。结果就是,我站在邮局门前的长队里,队伍和售卖新款苹果手机的专卖店门口的队伍一样长，因为再过几天就是圣诞节了，每个人都在寄包裹。去邮局寄包裹浪费了我整整一个上午的时间。有这宝贵的一上午，说不定我都发明了一种抗癌药物、找到了我的白马王子、至少也应该收到不少圣诞节礼物了（以概率的大小排序）。

"您能帮忙主持一下节目吗？很遗憾，我们没有预算了，可是节目的主题是好的，安德森那边已经答应了。""不"字就在我的嘴边，可是这个情景下，如果我拒绝了就会显得自己蛮不讲理，好像我对濒临灭绝的热带雨林、饱受虐待的孩子、搁浅的鲸鱼或者是那些公益事业一点儿都不在乎一样。

"那间房子的浴室在过道里，您住着不会不方便吗？"我终于说了"不"，不过这个"不"是"不，我不会不方便的"。这根本就不是拒绝人，我后悔得真想把自己的舌头吞掉。

"您能在郊游空闲的时候给我们录一段手机视频吗？"

这样的事情在我的身上不断上演。前来求助我的人不想让自己看起来好像是蓄谋已久，所以，所有拜托我的话语中都会出现了"一下"这个词儿：我能打扰您一下吗？我能问您一下吗？我们能打一下电话吗？我们能聚一下吗……有没有人计算过，把这许多个"一下"加起来有多长时间？我大脑里负责语言的神经想要指挥我的嘴巴说："不！带着你该死的问题滚一边儿去吧！"可是说出来的却是："没问题！您可以随时给我打电话！"

我其实是一个很嫌麻烦的人，旅行的时候脑子里什么事情都不愿意记。因为我的观念是，旅行就是为了放松，不应该自寻烦恼。可事实是，你别以为你的假期就是你自己的，假期……想得美！不用去想我们应该对生活不经意的安排做出何种回应，就算在我们准备休息一下的时候，最想要说"不"的时候，还是无法避免地这样回答对方："手机视频，好的，您什么时候要？"

旅游点儿购物的时候，往往会有收银员问我："您想要更多的积分吗？"

"不了。"

听到这样的回答，收银员似乎有些生气。而这个"不"字却是我迈出拒绝别人的第一步，因为我终于说了"不"。

对方接着说："难道您不想参加我们的积分项目吗？"

"不，我不想参加！"我又说了一次。

"参加一下不仅不花您的钱，还会获得精美奖品的哦！"

我和收银员都心知肚明，奖品只是骗人的噱头，根本和消费者没有关系。这只是一场闹剧而已，那些需要我拿到四十万分才能赢得的彩色沙滩球本身就不贵。

"不，我不需要什么奖品……"

"可是您还可以……"收银员想要继续劝我。我不得不承认，虽然他的话在我身上没起到丝毫作用，却激起了其他顾客的兴趣，他们纷纷报名参加积分项目。在这种情况下,我再也不好意思说第四次"不"了。当然,没有了第四个"不",前三个"不"没有任何作用。

我终究还是参加了一个积分项目。

可是生活中还有更多的"不"等待着我。

"您想和我们一起谈谈上帝吗?"

"您可以为我们的产品做个广告吗?"

"您有兴趣尝试一下新款吸尘器吗?"

"您知道您退休工资应该拿多少吗?"

"您想拥有这个治疗阴道真菌感染的软膏吗?"

对我来说,每说一个"不"字都如同进行了一场战斗。明明是很平常的事情,对我来讲却异常艰难,因为我一直以来都习惯了说"是"。

在酒吧里,人们拿着饮料畅饮,有些人还画着浓妆,而我却被问到:"可以告诉我你的电话号码吗?"提问的人态度很友好,可是他友好的程度并没有达到我心理的期望值,本来我想这样回答:"不,就这样吧。今天晚上的聚会很棒,因此你就不需要我的手机号了。"但我心里很担心,如果我拒绝的话,看起来会不会像是骗人的?会不会让别人觉得我是故意给他难堪?

我心里很清楚,如果我不说出那个"不"字,那他的问题就会一个接着一个，我就有可能要说更多的"不"，"我想问一下，我们今天还有别的酒水可以喝吗？""明天呢？""后天呢？""等假期/病好了/北极考察/变性手术后，我们还能再见面？"（以我的借口排序）

就不能让我在酒吧单纯地度过一个美好的夜晚吗？什么时候我才能不用对酒吧里想要和我搭讪的大叔们一直说"不"呢？

这样的愿望什么时候才能实现？或许等我再长大一点儿？但不论我多大，妈妈应该都会认为我"这么小的女孩子还不可以去酒吧"。

Chapter 05

星期五 这就是我的选择

单身快乐

我已经不再年轻了,这个结论是通过对其他人的观察得来的。如果现在我的女性朋友们给我打电话说自己怀孕了,很显然,她们期待从我这儿得到祝福,而不是像以前一样听我说:"你是怎么想的,这可怎么办?"到了这个年纪,怀孕已经不再是一个意外的事故,而是一件增添新的家庭成员的大喜事。我的朋友们已经陆续结婚成家,一个接着一个。由此可见,家庭这个概念和教堂一样,是大家一致追求的目标。尽管人们并不知道为什么要去追求它们。

我们这一代人是伴随着"凯利家庭乐队"[1]长大的,这一家人

---

[1] 凯利家庭乐队:于1975年成立,是由凯利一家人组成的音乐演唱团队。

的故事告诉我们,即便是虚构出来的完整家庭也有可能支离破碎。我们每一个人都希望和其他家庭成员之间维持和谐的关系,就像罗马人和高卢人一样。可是生活明白地告诉我们,这绝对不可能!或许你愿意像忽略香烟包装上的警告语一样忽略所有问题,因为你总觉得那是为别人写的,自己是一个例外。你认为自己的肺与众不同,完全能够战胜尼古丁;你认为自己的孩子是有礼貌的,不会把超市货架上的东西拿起来乱扔;你认为自己的丈夫永远都不会变成一个秃顶加啤酒肚的无聊老男人,所有都只不过是你认为。

我非常同情抱有这种毫无逻辑的想法的人,也从来没有产生组建家庭的念头。我是个单身贵族,还十分享受这种状态。我只是不明白,为什么那些准备怀孕生孩子、心甘情愿走进婚姻的女性朋友们热衷说服别人,努力让别人认可她们的生活方式?这种号称"正确的"想法,让我不得不一再解释自己的生活方式。

在我的老家,和我一样年龄的女士走到哪里都会被问"为什么不结婚"。如果你30岁了还从来没有带着丈夫孩子一起回家庆祝过圣诞节,那么你将成为大家眼中的怪人。"她在电视台工作"这样的理由并不能让他人信服。我家乡的老百姓们认为,一个女人到了30岁就应该规规矩矩地过日子,而不是整天异想天开。

在我的印象中,施瓦本人比柏林人更为传统。但事实上,德国人都很传统,我在科隆找房子的时候,偶遇的一位同龄朋友也像我家乡人——施瓦本人一样，问我这样的问题："在找房子吗？都这么大年龄了？不考虑一下结婚吗？"

单身有很多好处，当然也会有不好，只不过大多数人都不愿意相信单身的好处。

大多数人都认为，单身和失业、挨饿的性质是相同的，作为正常人，我们应该本能地避免这种情况发生在自己身上。如果一个人长时间保持单身（和尚、尼姑和连环杀手除外），那么别人就会觉得这个人很不可靠，认为这个人多少有些问题。

大家对单身的联邦总理的接受度比单身的同性恋者或单身的残疾人的接受度要低得多。因为即便是本·拉登、阿萨德、萨达姆一样的人，也都是有家室的。通常情况下，未婚的人都不敢说自己是单身，遇到这类问题的时候往往避而不谈，想要糊弄过去："你说这个呀，嗯……这个这个……我想想……"

事实上，未婚的人群并不少，有的地方甚至都超过了一半。我们有很多方式可以让自己不再孤单一人，不一定非得通过结婚组建家庭这种方式。

"我是单身"这句话总能招来这样的惊呼："什么？为什么呢？你条件多好啊！"沉默一会儿，你还会听到："……难道不是吗？"

单身的你就好比一间向阳的老房子，里面配有木地板和阳台，租金划算，什么都合适，只不过空置了很长时间没有人居住。即便是这样，进房子的人还是会问：这房子没问题吗？

　　我现在已经 31 岁了，处在被询问不结婚的原因的临界年龄，即便如此，我也不觉得有什么糟糕，可是再过两年、三年……我还能用"奋斗事业"这样的理由搪塞吗？或者我可以说：这种事情不能因为时间到了就一定要完成，我才不要遵循什么生物钟……不想要孩子吗？对，5 年内我都不会考虑这个问题。

　　没有丈夫没有孩子导致我整天都活在别人怜悯的眼神里！我根本不需要什么怜悯！我又没得癌症，只不过是没丈夫，是个单身贵族而已！

　　不知道什么时候大家才能够用正常的眼光看待我，不把我看作怪胎。老一辈的人怎样才能正常评价一个单身女人呢？没人知道。不过，即便是我认识的那些婚姻生活不幸福的夫妻，都会觉得自己至少比单身的人的情况好得多，这难道不奇怪吗？

　　上述这些言论并不代表我不喜欢男人，我对男人没有丝毫偏见，对谈恋爱也毫不抵触。偶尔还有机会谈场恋爱。有时候我们会在养老院里看到很多老夫妇，他们手牵着手悠闲地散着步。也许这种状态对他们双方来说都很满意。他们的专一令我动容，这样的情景让我相信：对于女人来说，丈夫和孩子就像身上的肉一样不可或缺。

　　你可以和你的另一半一起来填一下这张表格，看一看你们的想法到底有多大的差异。

爱情调查:

1. 喜欢山还是海？　　A 山　　B 海
2. 你想要孩子吗？　　A 想　B 不想　C 无所谓
3. 你信上帝吗？　　　A 信　B 不信　C 无所谓
4. Brunchen[1] 是　　A 早餐　　B 一堆屎
5. 下列哪个答案会让你觉得更高兴？　A 我　　B 钱
6. 你的朋友们是认真严肃的人吗？　A 是　B 不是　C 不知道
7. 如果我喝醉了，你能够忍受吗？　A 能　B 不能　C 不知道
8. 你觉得恋人的女性朋友们？
A 很好　　B 还行　　C 好色　　D 对我来说不重要
9. 你觉得牙膏不小心粘在了洗脸盆里，
A 太糟糕了　　B 无所谓　　C 刚好顺便清洗一下脸盆
10. 评分从 1 到 10，如果我比你成功很多，你会觉得有多不快？

---

[1] Brunchen：德国的一种早餐组合，一般由果汁（咖啡或者茶）、水果蔬菜和烤面包等组成。

感情里的胡言乱语

下雨了

过圣诞节的时候，我俩都把优惠券作为礼物送给对方。我送给他的是侦探小说优惠券。他送给我的则是一整天的森林度假优惠券。大家可以从送的礼物上看出来这段恋情失败的原因：优惠券就是结束。我们两个都没有去兑现优惠券。这是我们一起过的最后一个圣诞节。之前我们之间还有过这样的对话："我们今年就不送礼物了吧。"或者送实用一点儿的礼物吧，比方说，一件新的雨衣。

太丑了

夫妻两人都需要买一个新的衣帽钩。旧的衣帽钩还是在他们刚在一起的时候买的。现在看起来真是太丑了。因为妻子一直把衣服挂在上面，所以旧衣帽钩很快就坏掉了，他们不得不一起去家具店里找新的衣帽钩。丈夫看中了一款，可妻子觉得太难看了，就像在小城市博物馆里展出的现代艺术作品一样抽象。可是丈夫完全不这么认为。他还认为衣帽钩旁边的那张沙发很漂亮，事实上那张沙发和衣帽钩一样丑得离谱。丈夫想把这张沙发买回家去，他的购买愿望是那么强烈，从没有过的强烈。妻子也很喜欢这张沙发，于是他们忘记了买旧衣帽钩的事情，买了一张沙发回家。

空 气

有些恋爱还没开始就已经夭折了。有一个男人，我在最开始和他相处的几周里觉得他还不错。然而，他特别喜欢坐在厨房的餐桌旁边讲故事，往往我还没有听明白他讲的故事有什么可笑之处，他自己就先笑得喘不过气了。他的笑声异常奇怪，像是哮喘病人发病一样，几乎没有声音，可是喉咙里却发出"呼噜呼噜"的声音，只有进气没有出气，嘴唇紧紧地抿着，嘴角上翘呈微笑的状态。他这个样子让我这个旁观者看着都难受，完全不会被他的笑容感染。他整个人看起来很滑稽，不仅笑声与众不同，我还搞不清楚自己应该怎么配合他。接下来几周的接触中我终于了解，他总是在笑点没出现的时候就开始捧腹大笑，这让我很尴尬，接连几次的尴尬让我很讨厌他的笑声。况且我也不想听他总是讲同一个故事了。

控 制

现在是星期六晚上七点半,家里淋浴喷头又像往常一样犯了毛病。我想换掉它已经几个月了,但一直拖拉着没换,今天,现在,我一定要把它给换掉。"我想要开车去建材市场。"话音刚落,那个和我分享同一个淋浴喷头的男人就准备好了,站在走廊里,穿戴整齐地等着我。这样的情形已经不是第一次了。

走廊是他的重要领地,每当我们要出门,他就会站在那里等我。我知道他站在那儿的原因是不想给我造成压力,避免我找不到外套,因为慌乱之下,我经常会忘记自己要找的是哪一件外套。外面的天气如何?他认为这根本不重要,因为我们是坐车去建材市场。我还面临另一个问题——鞋子,穿什么鞋子更合适呢?如果穿高跟鞋走很长时间的话,那还要仔细考虑鞋跟的高度。在正常情况下,这些步骤显得很重要,但如果出门的计划是临时决定的,那么这些过程都可以简化。而去建材市场就是一个临时决定。

这种情况下,我们必须选那些实用一点儿的东西。比如找一双我根本没有的鞋或是早已经被我放弃的鞋——运动鞋、拖鞋。我把鞋柜翻了个遍,什么也没找到。我越来越焦急,却怎么也找不到能穿的鞋。

他还站在走廊里,一会儿晃晃脚,一会儿戳戳门框,这是在变相地催我。然后他就会说:如果我们再不出发的话,就干脆不用去了——这句话的意思是：都是你的错，本来可以趁建材市场关门之前去买一个新喷头的，时间都被白白浪费了。

不是所有人都能很好地承受压力，我就是最典型的例子。如果有人在走廊里催我，我是绝对不可能有条不紊地准备好一切的。压力会让我变得特别神经质，甚至会产生愤怒的情绪。包括这一次，现在我们两个人都窝着一股子无名火。他质问我，为什么连这么一件小事都要磨蹭半天，为什么做什么事情都要迟到？我心里却十分委屈，他为什么不能坐着等等我，放松放松，等我到走廊的时候再站起来呢？这样的方式不是更快、对我俩来说更好吗！他想要催我，让我快点儿，我想要让他放松，别那么着急。每个人都有释放压力的方法。

我们谁也说服不了谁，最后大家都懒得说话。这样的情景已经很常见了，吵架最后总是会变成沉默。

非洲天堂

我的头脑再次失去了控制。连续几天，我都非常严肃地问自己一些问题，这些问题通常只出现在青少年和处在中年危机的男人身上：生活里还有什么？难道这就是生活的真相？

这种感觉是不是有点儿像当你还用打字机登录Facebook（脸书）的时候，别人已经拥有智能手机了呢？或者是别的小孩都出去玩儿的时候，你却还有很多家庭作业没完成。对我而言，这就好比过生日的时候，我本来想收到的礼物是手机，却意外收到DJ波波的唱片。我当时认为（现在也这样认为），这样的礼物简直太不合心意了，我一点儿也不喜欢。

这是在自我同情吗？是的！这些对人有什么用处？它的用处就像，每当我不愿意吃妈妈做的饭的时候，妈妈就会拿出非洲还有很多吃不饱饭的孩子的例子来教育我一样，一点儿用都没有！当时我一直在想，妈妈为什么不把这些喂牲口的饲料倒进垃圾桶里，她没有看到我完全不喜欢吃红甜菜吗！此外，我一直都很好奇，在长时间饥饿后，非洲人是不是真的对一盘子红甜菜怀有感激之情，把它们吞下肚去。这个问题直到现在都没有答案。尽管我已经可以根据自己的喜好来选择食物了，可我的感觉还是像十岁那样，因为每次坐在家里的餐桌前，面前摆着的总是像山一样的红甜菜。我简直对生活失去了希望。

那段时间，我的生活无比窘迫，这种糟糕也影响了我和爱人之间的和谐关系。我非常沮丧。我可不可以让生活变得更好，至少要让我自己喜欢？它现在对我来说就像是分类齐全的综合商店，却没有商店里琳琅满目的商品，货架上到处都是红甜菜，以及水和面包。但我想吃巧克力！烤肉！

当然，即便是每天喝水吃面包，很多人也还是没有意见的。但是，如果一个人为情所困，给他披上一件皮草大衣肯定毫无用处。我不禁幻想，如果十年之后自己还做着和现在一样的事情，透过这扇窗户向外看，看到的东西也还是那棵烦人的树和这个糟糕的城市，玻璃上依旧映着我迷茫的脸……一想到这样的场景我简直要发疯了。这不是危言耸听，我真的会被这样的日子逼疯。我不想像"小甜甜"布兰妮一样，在大庭广众之下顶个光头，或者是在接受电视台专访的时候对着麦克风崩溃大哭，不，朋友，我真正想干的事情是一边大吼一边疯狂地飙车。（我说的不是跑步，而是开着一辆真正的汽车，因为只有汽车才能造成真实的伤害。）

当然，此时的我无疑是处在一种精神失常的状态下，所以才会思考得如此混乱。我的大脑里一直萦绕着一个声音：卡特琳，幸运根本不属于你，它只不过向你伸出了中指，时光如同春天消融的冰雪一样，逝去得飞快。现在和未来都将是这样，你的未来不会有任何改变。

这样的话我们应该做些什么呢？我在施瓦本的亲人们是这样回答的：不要问生活能为你做些什么，而要问你能为生活做什么。要相信，我们的幸福是可由自己来创造的，就像铁匠亲手锻造铁器一样。

我想把从前的一切都抛下，从头开始。我的方法有可能和铁匠不同（这是因为，万一幸福不是从铁中来，而是从别的东西比如木头、云朵或者棉花糖中来呢？那我即便是一位技艺精湛的铁匠，也只能无计可施。）我一边想，一边在客厅的地毯上绕着墙脚来回跑，虽然我并不喜欢跑步，但听说跑步有利于思考问题。我一会儿左，一会儿右，想要找出一个好办法。我的爱人坐在沙发上，眼珠随着我的移动一会儿向左，一会儿向右，就好像在看乒乓球案子上来回跳动的乒乓球一样。

"你快别晃来晃去啦！看得我神经紧张。"

他的目光中满是疑惑和不解，我已经絮絮叨叨地说了半个小时了，在此期间，他曾努力尝试着理解我说的每一句话，但根本没懂。

"我必须考虑点儿实在的。比如电视，它给谁带来了什么？设想一下，再过十年我们还是坐在这里，这太可怕了！你在咽气之前，最后一句准备说什么？是'我曾经尝试着让这个世界变得更美好'还是'我研究过药学方面的知识'？"

在地毯上走了半程马拉松后，我终于想出了一个主意："我们去非洲救助儿童！"我的爱人十分困惑。我从头开始向他解释，这件事应该不会很难："难道救助非洲儿童这个主意不好吗？你不是也鼓励我放下一切，从头开始吗？"

或许非洲儿童真的很喜欢吃红甜菜呢？我不去看看怎么能知道。于是，就在这个晚上，我信誓旦旦地做出了要去非洲这个疯狂的决定，我激动得就像之前从来没有人有过这样的想法一样。

可是，没过一会儿，我就清醒了！我突然想起来，我在大街上看过明星克里斯蒂安·巴尼尔抱着黑人小孩的广告牌，除此之外，她还资助这些非洲孩子。我意识到，有人已经走在了前面，我想要和她取得一样的成就是不可能的。更何况还有让·约瑟夫·莱佛斯[1]，他花了两天时间在中东做了一次短途旅行，回来后向人们讲述了他在叙利亚的亲身经历。

"你先等等吧，"他冷静地说，"义演几乎没有任何收入。另外，我们已经和比约克、希尔科约好了，星期天一起去摩泽尔葡萄园游玩儿。"

他说得对。我差点儿忘了星期天还有聚会。这是我们之前就安排好的，比约克甚至还为此请了假。尽管去非洲的决定不过是一时兴起，但是已经说好的事情就不能轻易反悔，再苦再难也一定要做。但是，我已经约定要聚会了，没办法，只能暂停准备我的拯救世界之旅了。

单身生活

我可以一个人去购物，这样就不必担心出门前换衣服的时候，有个人还在门口等着。更不必操心他会不会在我的一堆鞋、衣服和内衣面前感到尴尬。

我想在车里做什么就做什么。我可以听音乐，可以天马行空地想问题，可以肆无忌惮地抽烟，想抽几根就抽几根，完全不必担心

---

[1] 让·约瑟夫·莱佛斯：德国的演员和作曲家。

影响别人呼吸新鲜空气。我还可以随时停车休息，打个电话，加点儿油，时间完全由自己支配，自由得就像哥伦布一样，想干什么就干什么，没有人干涉。这样的生活就是我理想中的单身生活。

我能独享浴室，这很重要。因为浴室和告解室、选举室或牙医诊室一样，每次只应该供一人使用。公用洗浴室所营造出来的浪漫气息不伦不类，就像在汽车饭店里享用烛光晚餐，我从一开始就要担心餐桌上有没有准备餐巾纸。虽然，我的担心可能是多余的。

我可以如此安排我的周末：看一集新出的《辛普森一家》、吃冷冻匹萨、打三通耗时的电话、看着窗外发呆43分钟。整个周末，除了"请把吃的放在桌子上"、"谢谢"和"是的"这三句之外，我不用再多说一句话。

当然，我偶尔回家，冰箱里空无一物，房间里极其安静，掉根针都能听见。空房子里的安静是单身生活的标志，生活不总是热闹的。这时候，除了自己的心跳声之外，我听不到别的声音，而我必须忍受这种安静，幸福只是心里的一种感受了。

分手节

现如今,许多人上网的时间比和爱人相处的时间都多。只要4周不关注社交网站,你就会惊讶地发现,你的朋友中有人分手了,尽管消息显示两个星期前他们刚刚炫耀过幸福。

现如今,恋人之间的感情还不如黄桃罐头牢固。大家都认为分手没什么大不了的。发一条分手短信是老派的做法,当面分手就更差了,那是原始人才干得出来的事。可我有时候还是喜欢老派的做法……

分手不是一件容易的事,反正对我来说就是如此。我分手后的疗伤期特别长,只有单身一段时间后,我才能缓慢地意识到,我是真的失恋了。最美好的时光已经过去,这是失恋的人唯一能够感受到的一点。分手除了需要说出来之外，还需要一些别的东西，你知道是什么吗？书面的分手声明！一个标有确切的分手时间的书面声明！

为什么不能有个分手节呢？要是有个这样的节日多好啊！如果2月14日情人节那天变成了分手节，那么全世界想分手的情侣们就会选择在那天分手。分手节到来的时候，对方手捧仙人掌来到你面前，你一下子就会明白对方想要干什么，他有可能会说"谢谢你的礼物，可是已经毫无意义了""这礼物太糟糕了""对不起，我爱上其他人了"或是"我们还是做朋友吧"。如果一旦有了分手节，那么大家在分手的时候就会变得更加坦率吧！

我不擅长做决定，总是非常优柔寡断。犹豫不决是我最突出的特点，在这点上我绝对有信心赢过别人。我做一个决定需要的时间都能创造新的吉尼斯世界纪录了。因此，当对方变得冷淡的时候，我就会这样安慰自己："今天他要和朋友们去打球，我不应该去打扰他""今天我们想去丽萨和弗兰克那里，他们一定已经买了一堆东西了，如果我们现在分开，那就太蠢了""星象书里说，下个月我的爱情运势很好，现在我只需要等待，说不定我的白马王子马上就出现了呢""我工作上的压力和感情上的压力一样大，根本不可能去做别的。"

我需要时间来考虑清楚所有的事情，于是，我会不断地暗示自己:"再过两个月就是圣诞节了,过节的时候一个人太扫兴了,还是明年再说吧!"

许多恋情就像是你录音机里的歌曲,想听什么不由你决定,你总是在猜想下一首曲子会是什么。尽管人们什么都不做,可是仍旧期待着有朝一日爱情能够悄然降临。而分手则不需要讲究合适的时机,只要双方有勇气做出这个决定就可以了。

我是个很老派的人,在长时间的考虑,并且慎重地制定好计划以后,才会投入到一段恋情中。这样的恋爱方式使我很难立刻从感情旋涡中逃离!即使我和我的恋人交流很少,也没有发生过性关系,但走到分手这一步还是会让我很伤心。当然正常情况下,大家是不想走到这个地步的。我宁愿继续恨他,和他纠缠,努力说服自己维持关系总比痛苦的分手要好。

说一个分手的经历吧。有一天下午,我打了个电话给我当时的男朋友,想要和他谈谈。拖了这么长时间,我一直在为这件事做准备。那天晚上,我们一起坐在沙发上,气氛低沉,不时地叹口气,中间还夹杂着:"真伤心……"和"好吧"。

我对他太了解了,所以我知道他心里难过是什么样子的,他会用小狗一样的眼神望着别人。出于担心,我仔细观察着他,然而,一看到他伤心的眼神我就非常不安。这样的眼神仿佛在说:"都是你的错!都是因为你我才这样!"太恐怖了。

但是，和他悲伤的眼神不同，他嘴上只是说"真遗憾"和"好吧"。我不知道他如此不动声色的原因是什么，因为他本身就是一个冷静的人，或者只是因为他是一个男人。他这种类型的人通常都不善言谈，他们更喜欢用非言语的交际来表达自己的意思。所以对于他的沉默，我已经有所准备。可是一点儿行为上的反应都没有会不会有点儿过分？甚至一点儿悲伤的情绪都没有！

天哪，这实在是令我失望！如果刚刚捕捉到了一丝悲伤的情绪，我就可以说："是我浪费了你这几年宝贵的时光，你觉得很委屈吗？"可现在我只能说："那好吧。"

接着："煎肉排，克里斯蒂？"

"餐具？"

"好的。"

我们在住所里无所事事、相对无言。我们很快就谅解了对方，结束了我们俩在一起的日子，顺利得就像我们曾经计划的短途旅行一样。

我们喝醉了，像往常一样，科隆啤酒和茴香烈酒混在一起喝。曾经热恋的时候我们就这样喝酒，现在分道扬镳我们也这样喝。酒过三巡，心情反而平和了，我们之间似乎只剩下了美好的回忆。

"你还记不记得咱们……"

"是呀，我们……"

我们酩酊大醉，连东南西北都分不清了。那晚我们俩都感觉到了久违的愉快，没有吵架，没有指责，不用为了讨好对方而去满足对方的愿望。如果我们早一点儿分手，早一点儿喝这顿酒，说不定还能挽救一下我们的爱情。

最后我俩抱头痛哭。我们为什么走到这一步？为什么我们就不能一直像现在一样和谐？为什么没早一点儿意识到这一点？

君特·耀赫[1]主持的节目中，答对一定数量的问题后就能闯关拿到大奖，如果把我们的感情比作这个竞赛，那我们两个既没有求助场外的机会，也不知道答案，结果就是我们对耀赫说："我们应该回家了，该轮到其他人了。"

就是这样。

还有一点我要说，有些感情连分手都不需要，虽然结识一个人的感觉真的很好。他很幽默，可是却不是我动心的类型。有些滑稽，却很可靠。那夜很美妙，我们躺在酒店的床上，直到东方的天空隐隐发白。"留下来，"他说，"留下来吧。"我也想留下，可我还是穿好了鞋。我很高兴有人想让我留下来，但依旧走了，因为我觉得，即便再留5个小时也无济于事，我们的缘分止于这一晚。多留一会儿会有所改变吗？这真的会取决于我留还是走吗？我钻进出租车里的时候想，其实我内心深处还是很乐意再来的，不如下次多停留一会儿吧。

---

[1] 君特·耀赫：德国知名节目《谁能成为百万富翁？》的主持人。

简短的混乱

短是很好的，比如一件短上衣、一部微电影、一部短剧、一则短故事。短就是浓缩，能够很快说到重点。十个印度小男孩儿完整唱出的一首儿童歌，如果换成八十个印度小男孩儿就太聒噪了。不……等等，不能这么说，这样说的话有种族主义的嫌疑。我们换一种说法：小矮人虽然个子不高，可是七个也足够救出白雪公主了，七十个就会显得太多。

如今大家是越来越懒了，语言里的缩写和简称也越来越多，Lol 是很开心（laughing out loud）、OMG（oh my God）是我的天哪、Rolf 是很有趣（rolling on floor laughing）。九十年代的时候我们还会在每一句话后面加上完整的"很有趣"，现在就干脆写成"rolf"。缩写也常常出现在电子邮件中，比如 LG 的意思是向你表示亲切的问候（Liebe Grusse）。如果只用缩写的话，这问候的亲切程度会不会打了折扣？就像舌吻时不用舌头和嘴唇，只剩下了唾沫。HDL 的意思是"我爱上你了（Hab Dich Lieb）"，翻译过来就是："我觉得你很好，我已经不能控制自己爱上你了！"当然，要显得礼貌一些，你可以用别的表达方式。

我曾经在电子邮件里用过这样的缩写 HKZDOG(Hab Keine Zeit Deswegen Ohne Grüsse)——时间紧张就不问候你了，但却没有人问我这个缩写是什么意思。这样的缩写如今已经得不到任何注意了。

最近流行在 LG 后面加上名字的缩写。我给节目编导写了一封 3 页的长邮件（我是这档节目的主持人），结果他回复的邮件只有 3 行：

KB（知道了）

VG（一切顺利）

U（Uwe——他名字的缩写）

如果你的名字特别长的话，你当然可以在邮件末尾署名的时候用缩写，如果你的名字只有一个单词，你还要用首字母进行缩写（比如把 Uwe 缩写成 U），那就有些令人费解了。除非是你在写这条短信的时候，刚好赶上高空跳伞这种千钧一发的时刻。

有一次我在意大利度假，一边听着知名歌手伊迪丝·琵雅芙的歌《玫瑰人生》一边喝酒，当她唱到"不论我生长在哪里，不论我歌唱在何处，我对我的歌声与爱情，不曾后悔"的时候，我感动不已。在喝下两瓶葡萄酒和一瓶普罗塞克酒后，我突然觉得：人总是不后悔已经做过的事情，只后悔那些没有做过的事情。

我突然产生了一个想法，给前男友们发短信。这个想法的产生要归功于手机的便利，你只需在手机里输入了一条信息，按下发送键，那么双方不用见面，就能看到对方发来的文字信息。第一个双方不见面却能传递信息的，要算天主教堂里的告解室了吧。手机就像是移动的告解室一样，这头的人向那头的人传送信息，双方却不用见面。

我准备把我脑子里真正关于前男友的想法告诉他们。我给托马斯发了短信，想要直白地用文字告诉他，我觉得他很好，可是他的女朋友却不怎么样。迟早他会离开那个令人倒胃口的女人。当然，我准备换一种表达方式，用一种更有逻辑、更好、更清楚、一下就能切中要害的说法——我为自己和伊迪丝·琵雅芙都变成了他的前女友而感到庆幸。

第二天早上起来的时候，我发现左脸上有压痕，用手摸起来凹凸不平的，恐怕要过了中午才能消散，有些失忆的我努力回想昨晚发生的一切，首先，昨晚是一个灰蒙蒙的大雾天。

还有什么？伊迪丝·琵雅芙、手机、短信！

我抓起手机，查看了一下昨天发的短信，我真想给自己一个耳光。天哪，这不是真的，我竟然发出去那么多条短信！我好想把它们收回来，就像日本汽车制造商召回有问题的产品那样。多希望没有人收到我昨天发出的短信。我可以打电话跟银行说，我昨天汇款的时候弄错了，请您务必给我退回来。可是短信发出去就没人管了，根本收不回来。

我试图平复自己的心情，就在昨天，我的手指掌控了我的命运，在喝醉了酒的大脑的支配下，做出了这样的荒唐事。不应该让手指来控制像发短信这样的重要事情！它们又没有思想！

我一遍一遍地仔细琢磨这些短信的内容。太令我吃惊了，有些短信的内容看起来并不友好。

下午的时候我收到了一条回复："希望你一切顺利，T."

这个回复到底是什么意思？"有时间来玩儿，不过不要找我？"还是"我希望你一切顺利"！为什么他会这样回复？为什么他要写一个T，还加个点？他是手机店吗？既然他写了T，为什么不直接写个"WTF（What the fuck[1]）T."？这样我就能理解了。

最终我还是没弄明白他的意思，也许他是想知道，我是不是喝醉了之后给他发的这条短信，或者是在什么特殊情况下给他发的短

---

[1] What the fuck: 网络用语，意思是搞什么呀！

信，可是他什么都没问，只是回复了我一条："希望你一切顺利，T."

我又编了一条短信，编完了又删，删完了再改，剪切，复制，粘贴到其他地方，休息一会儿，把这条短信存为草稿。

我这样折腾来折腾去，短信能够节省时间的优势完全没有显现出来，还不如古代的骑马和放信鸽呢。

最后，我删掉了草稿，编了下面这条短信：

对不起！LG（表示亲切的问候）K.（卡特琳的缩写）

理想和现实

我小时候很想成为一名标枪运动员，长大后能够有房有车，没事儿试试女性杂志上最流行的50种新发型，可以用西红柿做出新菜肴，院子里没有豪华游泳池，但却有简易橡胶泳池，孩子们在院子里戏水，大人们在屋子里聊天儿。我所期待的生活就是这样，不庸俗又很平常。20岁的时候，我坚信自己30岁那年，一定会有一个意中人，晚上可以陪我坐在沙发上看电视，我说："市里的交通简直堵得不像样，如果再不改善的话，我就要向市政府投诉啦！"他回答："亲爱的，别生气了。"

我想，那时我应该会生两个孩子，有一套房子，当然少不了有个爱好，比如星期三去练个瑜伽或是普拉提什么的，我老公则在星期二打场羽毛球，星期天我们就一起看电视剧《罪案现场》。一起吃饭，一起见朋友，每年旅游两次，试着自己在家做寿司。

当孩子令我抓狂时，我的丈夫就会安慰我说："亲爱的，别气坏了。"

生活就应该是这样的吧，这样的生活才能带来幸福，才算得上是美满的生活。

可是现在的情况是什么呢？税务机关随时记挂着我的年薪收入是多少，天天在外面吃，没有假期，经常在旅馆里过夜，枕头旁只有塑料小熊，窗户外面就是大型超市。对我来说，所有的旅馆看起来都一样，就像所有的日本游客看起来都长得差不多。

我在意大利待过很长时间，看，这是"提琴王子"大卫·葛瑞特的手机号码。我什么时候在莱布尼茨待过？为什么我在比利菲尔德？为什么有人在比利菲尔德？今年还去过哪里呢？应想起来了，是盖瑟尔温德的旅馆。

换了4种体育运动，都没有坚持下来。买了半打书，一本都没读完。我说："明天演员莫里兹·布雷多的采访竟然那么早，我又要赶最早的一班地铁了！"这时安慰我的只有通讯社里的同事："别着急，亲爱的。"

化妆师建议我换成女性杂志 *Brigitte* 上的新发型，她说，尝试新发型会带来好运，真的是这样吗？

"鲍尔范德女士,"一个记者问我,"十年之后您会是什么情况呢?"

"也许,"我说,"也许我会和我的爱人还有两个孩子坐在沙发上,也许只有我一个人在家试着做寿司。"这个记者以为我说的后半句是开玩笑呢。

事实上,我属于那种能够摧毁德国的女人。

在德国,平均每位女士都有1.3个小孩儿,而我仍然是单身,没有孩子。我为自己的与众不同感到骄傲,因为我的性格一直和大家不一样。比如大部分人都很喜欢马这种动物,我却觉得马看起来特别蠢(我说这话的意思并不是说孩子也和马一样,马当然更便宜一些)。

总之,我脑子里关于小孩子的常识非常浅薄,这导致我经常问一些可笑的问题("他现在已经会走了吗?""当然了,卡特琳,这孩子都5岁了!"),如果孩子丑得像外星人一样,我也很难违心地像其他有孩子的母亲一样,称赞他长得可爱。许多人认为,女人总是要在孩子和工作中间做选择,我认为,这样的选择就类似于选择是否要做一个长期的"项目"。因为一旦决定要孩子,你就要从孩子出生前开始全盘规划,一直到他长大成人为止。

有了孩子的牵绊,女人的激素水平会发生变化。不久以前还在谈论阿拉伯的春天、演员瑞恩·高斯林和苹果手机的女人们,有了孩子以后谈话就发生了根本性的变化，开始用"……吧……好不好呢"这样的词儿。如果我有小孩的话，说不定也会这么干，因为我自认为还不是一个可以创造奇迹的人。我无法想象，如果有朝一日我体内的激素发生了变化时，我会是什么反应呢？会不会不受一点儿影响呢？或许，像我这样的无孩儿一族有一天也会成为大家眼中的聪明父母。

我不想在生孩子之后给朋友们发两页长的邮件说："你好，我是玛丽娜，我已经来到这个世界了，医生们在妈妈的肚子上按摩了好久，我才露出头来。尽管我觉得妈妈的肚子里环境挺好的，可是我还是想尽快出来看看，因此比计划的时间早了两个礼拜哦。我有自己的婴儿房，它很漂亮，我很喜欢！"

以孩子的口吻写邮件已经是我所能忍受的极限了，就像用施华洛世奇的水晶项链来当狗链一样。（我这样说不是要把孩子和狗相提并论，通常来说，狗是人类最好的朋友。）可现如今，这样的电子邮件已经很常见了。

我甚至还收到过一封带照片的电子邮件，标题为"终于"，邮件中有一张孩子第一次大便的高清照片！虽然这在父母看来，绝对算得上是一件令人骄傲的事情。但给所有的朋友发一封这样的邮件，一封带大便照片的邮件，实在令人无法忍受！

我出生的时候，父母给我拍过两次照片，一次是洗礼的时候，一次是在家里脱光了衣服。和朋友给我发的大便照片相比,这两张照片看起来还正常一些。

　　现在的父母越来越爱用相机记录孩子成长的点点滴滴。四五岁之前的照片多得数不清,还会成为父母派送给亲戚朋友的礼物。我硬盘一半的空间都被孩子们的照片占用了。三年前,我朋友没成为母亲、还在澳大利亚旅游的时候,我并没有收到这么多的照片。当时她只给我传过三张树袋熊的照片,而现在我手里她孩子的照片就有16个G。显而易见,孩子才是父母的心头宝。

　　那个时候,作为朋友的我还能从她那里收到一些有用的信息,比如,树袋熊的头和身子相差太多了,脑容量相对较小(除了文字信息外,还有图片信息)。现在她传给我的全是孩子的照片,孩子的脸上还粘着菜叶:"我今天第一次吃到菠菜配土豆,啊,真好吃!"

　　这样的邮件我只能回复:"我今天喝了5袋牛奶咖啡,11点的时候……啊,真好吃!"我对她邮件中的"土豆菠菜"应该如何反应?跳起来欢呼?不停地叫好?还是给孩子打点儿压岁钱过去?

　　父母对自己的孩子无比喜爱,大量地拍照,这我能理解,但是千万不要到处发!但这么多照片,孩子将来结婚的时候,父母送给孩子的相册会是多厚的一本啊!而且,长大成人的孩子在婚礼上收到照片的反应,恐怕会和现在收到照片的普通人的反应是一样的。

　　以前,每当妈妈向大家讲述我小时候的故事的时候,我就会不耐烦地把脚跺出很大声音。她讲的那些事令我很尴尬，因为所有人都会笑。那时的她就是一个彻头彻尾的泄密者。我都无法想象当时自己有多生气，她竟然还给大家拿出我小时候的照片，一边讲还一边展示。如果她像现在的父母那样，热衷于为我经营一个账号，不时地上传我的一些照片，我绝对会立刻离家出走，和她断绝母女关系。孩子也是有隐私的！

那些单身时把生活安排得井井有条的女士们，有了孩子后却大变样。有孩子之前，整个世界任她们驰骋，有了孩子以后，活动范围骤减，只剩下大门到后花园这一块儿。不久之前还把自己的鞋整整齐齐地摆在门口，现在一进门就把袜子往沙发上一扔、书往地毯上一放，孩子的鞋直接塞在菜篮子里。客厅变成了孩子的游戏室，因为小于5岁的孩子在玩耍的时候不能离开大人的视线。

让孩子去滑旱冰也是一件相对危险的事情，而不戴头盔的孩子是被禁止上跷跷板的。在我看来，这些规定与监护和教育的义务无关，几乎算得上剥夺行动自由的行为。所有孩子都要接受这样的管束。做了爸妈的人不再出去和自己的同事朋友聚会，而是成天泡在儿童游泳池和早教机构里。

我知道，有些父母认为围着孩子转的生活很幸福，我却不这么认为！妈妈们常常是不友好的，她们不会在意吃饭时谈论孩子呕吐物是多么倒胃口，她们甚至会觉得自己的孩子在花园里发现蒲公英，是一件无比令人激动的事情!就像邦德破获了一个新案子一样!相信我,总有一天,孩子会不喜欢类似"太棒了……"这样的鼓励方式的。

如果我成为一名母亲,应该会和其他的母亲不一样吧。虽然我受不了总是比别人慢半拍,但若是我的孩子明显比同龄人落后许多——别的孩子已经会说话的时候,我的孩子才刚刚学会翻身,我依旧会爱他,会为他每一次翻身鼓掌,就好像他获得了奥运会金牌一样。

可以说,父母爱自己孩子是天性,即便自己的孩子不如其他的孩子聪明,父母也会把自己的爱全部倾注在孩子的身上。但我们是否应该以一种更冷静的态度,去看待孩子的一切呢?

从现在的生活就可以预见,即便是丁克一族,生活中也少不了要和孩子的事情打交道。没有孩子的人不要幻想能够享受没孩子的闲适生活,想想身边的人,你将会不得不关注他们的孩子。还有,一个最新的调查显示,10位女士中有4位表示后悔要孩子。最近我碰见了一位女士,她正在为生孩子做准备,其中包括制作一红一黄两张卡片。在黄色卡片上写着:少学婴儿说话,红色上写着:不要再学婴儿说话了。它们是用来提醒自己的,这位女士说。

Chapter 06

星期六 时光总是过得飞快

30岁和20岁的区别

1. 我现在知道什么是皱纹了,它们像脸上突然出现的大峡谷,或者睡觉后留在脸上的印子,好几天都不会消失!好在,还有美容手术和一些不必开刀就能抗衰老的美容方法,让我的心情能够重新愉悦起来。而且,它们还可以帮我消除脸部的婴儿肥!

2. 我的头发又长又多,每次登台演出前,化妆师都要帮我修剪一下头发。几年前我还笑话哈利·施密特鼻子和耳朵上的毛多,需要化妆师替他除毛,这真是风水轮流转。我再没有理由笑别人了。

3. 我再也不自以为是地买小一号的鞋子和裤子了,因为小一号的鞋子并不能显得我的脚小,小一号的裤子也没让我看起来瘦一些。我到底应该理想点儿还是现实点儿呢……

4. 我再也不为看起来酷这个原因去跳迪斯科了，要去也是因为跳舞可以减肥。我知道现在迪斯科已经不叫迪斯科，改叫俱乐部了，可我还是习惯叫它迪斯科……

5. 小于26岁的年轻人称呼我"您"，40岁以上的中老年人和我说话的时候经常用："我们这样年龄的人……"这两种说法我听起来都很不舒服。

6. 贾斯汀·比伯不是我这个年龄的偶像，我这个年龄的偶像应该是《接招合唱团》。话说回来，我也不怎么听得懂《接招合唱团》的歌曲，我和奶奶的观点一样："这唱的是什么啊，怎么跟霍屯土人[1]的音乐一样！"我开车路过他们的音乐会宣传海报时，发现有一半成员我都不认识。

7. 我觉得下旋球和那些头发修剪得特别薄的女人都非常糟糕。下旋球没什么好解释的，而头发修剪得特别薄的女人则给我留下很凶狠的印象，她们看起来特别像是那种会打人耳光的人。我对新事物的成见越来越多，有时候甚至有点儿像我的曾祖母……

8. 我年龄太大，理解不了数码产品，也错过了计算机迅速发展的时代。网络热门视频颁奖礼、**YouTube** 的网络明星，我对这些全无概念，都得悄悄上网去搜，看看他们到底是什么样的。然而，看了他们的网络视频后，我没觉得他们有什么特别之处，不明白他们

---

[1] 霍屯土人：南非洲一种野蛮族土著人。

为什么能引起那么多的人关注。

9. 恐惧总是时时伴随着我！夜晚、醉酒、独自一人穿过公园，就像很多年前一样……啪！我不能再看侦探小说了。害怕未来，害怕人群，害怕拔牙……最近甚至坐飞机的时候都提心吊胆，这有可能是因为恐高，也有可能是害怕飞机坠毁，要不就是两者都有！

10. 瞥了一眼超市货架上各式调料的瓶子，我激得地全身发抖——这些全都是我这个年龄的最爱！欧特家博士、家乐和美极这些年轻人爱用的方便调味品不是我的最佳选择。我是传统的蒸煮—油炸烧菜法的支持者，先把所有的东西煮熟，然后油炸。我做饭大部分时候是凭感觉来的，不参考任何菜谱，因为即便看了菜谱我也做不好。我没事会看看电视上的健康烹调节目，里面一直要求我们做健康绿色的饮食，受这个电视节目的影响，我不得不相信，没有专业的烹调书的指导，我连烹调用的勺子都拿不对。有一段时间我还十分坚信，烹饪能够使我放松。而正确地站在炉子旁边非常重要，也就是说我们应该站在炉子的后面。

11. 有个问题一直困扰着我：年轻人是如何通过多媒体建立起复杂的交际圈的呢？

12. 如果我早知道青春是如此短暂，好身材会消失得如此之快，那么我年轻的时候就会一直穿迷你裙。我现在明白为什么有人说，年轻人真是不懂得珍惜自己的好时光啊……

13. 我到了 30 岁也没有改变的事情：

（1）我没有如长久以来所期待的那样，变得娇小苗条；

（2）之前我一直想，到了 30 岁，自己就应该会很成熟了，知道的事情也会很多……可事实是，和 20 岁相比我知道的确实多了，可是总体来说还是少得可怜。

朋友守则

友情比爱情稳固。恋爱中的人们会质疑自己维持恋情的原因，但朋友不会。朋友之间的容忍度比恋人高，因此友情不容易破裂。可是一旦破裂，对其中任何一方的情感伤害也远比恋情失败要深。

我的初恋一直陪我上完高中，她叫斯蒂芬。那时候我和她一起散步、一起吃饭，甚至一起抽烟。坐地铁的时候，她在我身旁，跳迪斯科的时候，她也在我身旁。每个周末我们都要约会。

高中毕业后，我们去了不同的城市。两个城市之间相距400公里。我们的生活发生了变化，共同话题越来越少，沟通渐渐变得困难起来。

我们开始交一些和自己有共同爱好的朋友来弥补情感的缺失。

我认为，我们不必通过取悦别人的方式和对方交朋友，说到底，总不能因为别人喜欢吃冰激凌，你就每天陪着他一起吃吧。

斯蒂芬第一次来科隆的时候不是为了我，而是为了迪斯科，我们见面后，她和我说的每一句话都和迪斯科有关。为了让她高兴，我整晚都待在迪厅里，直到第二天早上5点钟。我们一起回家的时候，斯蒂芬看到了一家已经营业的早餐店。她大声说："看看，穷鬼就是要起早贪黑挣钱，像我们就不用这样，可以玩到现在才回家。卖早点简直太蠢了，我未来的人生那么精彩，干点儿什么好呢？"

我从来没有见过比当时的斯蒂芬更令人厌恶的人了。她根本不是我过去认识的那个斯蒂芬，或者说我认识的那个斯蒂芬已经不见了。高中毕业才半年，她怎么变成了这个样子。当她离开科隆的时候，我已经下定决心，再也不见她了，甚至给她打一个电话都会让我觉得恶心。就这样，我离开了我的初恋。

九十年代的RockamRing[1]摇滚音乐节是我和一个朋友一起过的第一个节日。我们觉得摇滚节非常刺激，事实证明，那也确实是一次难忘的经历。这个难忘指的不是什么欢乐时光，而是我们倒霉的经历。大雨连着下了三天，温度只有5度。摇滚节变成了洪水节。天气冷得出奇，现场提供的啤酒像是刚从冰箱里拿出来一样，更糟糕的是，音乐听起来并不怎么样。整天在舞台上跳来跳去的乐队比

---

[1] RockamRing：德国乃至全欧洲最著名的摇滚节。

我想象得还无聊。只有看到 R.E.M.[1] 乐队里的成员戴着眼罩出来唱歌才提起了一点儿精神。晚上我们不得不钻进湿漉漉的睡袋里，躺在潮湿冰凉的地面上，没有洗澡的身上黏糊糊的。我们很疲惫，也冻得够呛，心情简直糟透了。我们俩在心里默默地想，我们就不应该来这里凑热闹，可是最终谁也没说出这句话来。

　　尽管这三天像在地狱一样痛苦，但这并没有破坏我们之间的友情。我们更加了解了对方，见过了对方有多狼狈，遇到扫兴的事情时情绪有多糟糕，态度有多恶劣，对待朋友有多不耐烦。尽管看到了这些，我们还能继续做朋友，因为这些并不影响我们之间的友情，毕竟交一个意气相投的朋友可不是件容易的事，绝对不能轻易放弃。当然，我们之间的友情也没有持续很久，至少没有想象得那么久。经历过一段时间的亲密期过后，所有友情都会经历消沉期，在共同享受成功的喜悦、一起做怀孕测试、无数个彻夜长谈后，双方磨合成了期待中的友情模式。然而，我依旧在自己的心里为真正的朋友留着位置，希望有朝一日能够遇到知音，满足我求得一位毕生挚友的愿望……

　　如果"和我做朋友"也能成为一种工作的话，那这种工作很难像联邦总理的工作一样有确定的官方名称。而"和我做朋友"的基本前提是你至少40岁，没有固定工作，没有犯罪前科。求得了"和

---

[1] R.E.M.：一支于 1980 年组建于美国的另类摇滚乐团。

我做朋友"这个岗位后,作为我的朋友,你可以想干什么就干什么。这样才能显示出你成为我朋友的好处,只不过做我的朋友也是有条件的:

  1.你可以知道我所有的秘密,但要替我完全保密。所有的事情都要保密,包括荒谬的一夜情。如果我喝了4杯杜松子酒和3杯萨姆布卡酒后抓着你喋喋不休地聊天,作为朋友你不能说:"你怎么总说些没用的,你倒是说说,卡特琳的新男友是谁啊?"

  2.你不能在知道我爱读言情小说后对我嗤之以鼻,或者觉得我是个怪人,心里这么觉得也不行。

  3.如果你或者我晚上没地方睡觉,或者是早上9点钟没有工作,那我们可以在凌晨3点的时候给对方打电话。

  4.如果我对你在厨房里费尽心思做出的饭菜不满意,你可以埋怨我。如果你有什么不顺心的事情,也可以找我倾诉,不必压抑自己的情绪。

  5我们可以向对方说出真实的建议(只有我们之间可以这样),比如"最近你都胖了,别再穿这条裤子了"。当然,如果出于珍惜友情的角度,想照顾对方的情绪,我们还可以换一种表达方式:"如果你换一条深颜色的裤子,会看起来更苗条!"

  6.如果我生病了,你得照顾我。反过来,我也是一样,我会给你烧鸡汤,喂你吃甘草片,给你擦汗。

7.如果我们俩任何一方丢了工作、失恋了,或者最近日子过得很糟糕,那另外一方必须得伸出援手。我当然不会放弃你,希望你也一样。

8.你不能见色忘友,谈了男朋友就忘了我。我向你保证,尽量和你的男朋友做朋友。如果初次见面印象不好,我也会给自己十次机会和他沟通。

9.即使我对你的话不感兴趣,我也会耐着性子听你讲。无论你讲的事情多么无趣,我都会点头附和,哈哈大笑,并且不断称赞你讲的故事太有趣了。有时候为了取悦对方,维持友谊,也免不了要做一些违心的事儿。希望你对我也能使用这样的方法。

10.我会支持你的新恋情:"就是这样,继续加油,你一定会幸福的!"直到你找到真正的幸福,我希望你也能这样支持我。无论和谁谈恋爱,我们都不要对对方说:"你的新恋人简直无聊透顶,举手投足架子十足,根本没你的前任好。"

11.如果你最近沉浸在恋爱中而暂时忘了我,我会对此表示理解。尽管会有些不开心,但还是会理解。即便之前你每天给我打7通电话,现在却完全把我抛到脑后,一个电话也不打,我也不会怪你。如果你需要我每天给你打9通电话才觉得安心,那我也会这样做的,因为这是作为朋友的义务。我向自己承诺过,坠入爱河的时候也不会忘记友情,可是谁知道真到了那个时候,我会怎样表现……

和做好一个联邦总统不同,"做朋友"这个工作没有工资,也没有工作期限,但有效期可以是永远。

你和我,我们会在九十岁的时候手捧尖口杯[1],坐在阳台的两张摇椅上,看着你的小孙子和小孙女在院子里玩儿,一起回忆耶而恩、本和吉恩,回忆对方所有的缺点和我们经历过的友情危机。最后会心一笑,露出嘴里所剩无几的牙齿……

---

[1] 尖口杯:供卧床病人使用的。

再年轻一回

我现在已经超过 30 岁了！我觉得很好，真的！谢谢。

年龄只是一个数字，而我必然会迈入而立之年。

我不会因为年龄增长而紧张不已。30 岁又能如何呢？现如今的社会，30 岁与 20 岁无异。其实我还很年轻不是吗？好吧，我承认，现在的年龄可能算不上是最佳生育年龄，也不适合成为一名顶尖的模特。可是，电视里的体育解说员在解说体育赛事的时候，常常会忘记运动员们的年龄，忘记有些运动员已经 30 多岁了，马上就要退役。当然，过了 30 岁，皮肤会发生变化，需要补水，这点我小时候就从电视广告里知道了。现如今，当年那位为护肤品代言的女星正在为一款治疗尿失禁的广告做宣传，十年之前我以为她才

30多岁。互联网上说整个社会的人口出生率越来越低，年轻人越来越少，而在演艺公司的网站上，像我这个年龄的女明星从来都是隐去出生年月的。

　　30岁不算是一个容易接受的年龄，总是令人感觉非常糟糕，虽然我的朋友里还没有谁因为到了30岁而惶恐，但却有因为快到30岁而焦虑的，像是被诊断出了绝症。

　　"您是得了绝症了吗？"

　　"当然不是！拜托，岁月不饶人啊！我都快30岁了！可我还什么都没干呢！"

　　记得快到2000年的时候，谣言非常多，有人说世界末日即将到来，有人说智能机器人将统治世界，还有人说正常的社会秩序都会被打乱。结果呢，什么都没发生，人们过得都很正常。拜仁还是德国杯冠军，舒马赫还是世界冠军，哈利·波特系列依旧风靡全球。30岁这个年龄就像是2000年，对未来的恐惧会自动消失的。

　　年轻时举办的疯狂聚会已经成为历史，一到30岁，我们只在有急事的时候才会去敲朋友家的门。我们有时会举办一些小型聚会，提供一些老年人喜欢的咖啡和蛋糕，礼物也是等到聚会后才会打开，因为我们已经能够预计到自己会收到什么样的礼物了，也就是咖啡、肥皂或是夹心巧克力糖！而且这个年龄的人，已经不关心会收到什么礼物了……

当然，那些年纪轻轻就当父母的人也和从前不一样了，啤酒不再是聚会的必备饮料了，咖啡和蛋糕成了主角，客厅里的啤酒瓶也不见了，取而代之的是孩子的东西。从前无所顾忌地狂欢的夫妻，成了称职的父母，每三个月才能睡一次好觉。

然而，像我这样的无孩一族到了30岁依旧可以叫上一堆朋友，尽情狂欢到天亮！我还可以像小孩子一样戴着帽子，开心地吹喇叭！年龄对我根本没有任何影响。30岁的人也可以把日子过得很快乐，啦啦啦，和29岁没什么区别！哈哈！

"只有你自己感觉你老了，你才真的老了""年龄不过是个数字而已""耶稣30岁的时候不还没死"，我听了许多类似的关于30岁的名言警句，最喜欢的一句是："30岁到40岁才是人生的黄金时间！"

最近我在一次聚会上和一位34岁的女士聊天，我们之间的谈话一直围绕着30岁进行。自从我过了30岁，这个话题就会频繁出现，我对内容已经非常熟悉。

"一过30岁，什么都不一样了。"

"你身上发生了什么变化？"

"嗯，事实上什么变化都没有，可是你却感觉什么都变了！"

周围的人都默默地点头表示赞同。每个人的状态都很相似，有一份正经的工作，按时向国家缴税，对未来的生活有一个很清晰的想法，并且已经预感到 40 岁正在逐渐逼近。那么，中心问题是：你得到了什么？又做过些什么呢？

那位 34 岁的女士这些年经历了和男友分手，认识新男友，试婚两年，怀孕生子，时间过得飞快。30 岁，我们多多少少感觉到了压力，手里的饮料尝起来也已经略有苦味……原来不是这样的……

"还喝吗？"

"肯定得喝啊。"

"明天没事吗？"

"有事，管他呢，让我们再年轻一回吧！"

葡萄酒人生

到了我这个年龄，再去年轻时常去的那家咖啡馆已经有些不太合适了。前不久，我坐在这家咖啡店的椅子上（我从16岁开始就习惯坐在这张椅子上），点了一瓶葡萄酒。我年轻的时候很不喜欢葡萄酒，觉得它难以下咽，如同把高尔夫球吃下去一样令人反胃。而且，葡萄酒是老年人的最爱，他们喜欢把鼻子伸进酒杯里细细地嗅，然后抿一口含在嘴里，认真品尝滋味，再决定要不要再点一小杯，但我可不是老年人！

此外，葡萄酒的名字普遍很滑稽。

"Schwaigener Heuchelberg"[1]，如果你很严肃地念出这个名

---

[1] Schwaigener Heuchelberg：一种葡萄酒的名字。

字，看起来就会更滑稽！何况它喝起来真的不怎么样。大人们总说："我在你这个年纪的时候也不喜欢喝葡萄酒，可是现在，葡萄酒已经成为生活的必需品啦！"大人们喜欢歌手乌多·尤尔根斯的音乐，喜欢穿风衣，喜欢把自己打扮得很成熟也很无趣，而且根本不理解孩子的想法。可是现在，我突然开始喜欢各种类型的葡萄酒，勃艮第红葡萄酒、勃艮第白葡萄酒，最爱是李斯陵葡萄酒。

直到最近，我才了解葡萄酒。它不像啤酒那么普遍，也不像白酒一样到处都是宣传广告，也不像阿佩罗开胃利口酒那么享誉全球。然而，当你端起一杯葡萄酒细细品尝时，惬意舒适的感觉会遍布全身。我喜欢这样的感觉。

我坐在咖啡馆里，轻轻地抿了一口葡萄酒。咖啡馆里恐怕没有第二个人和我一样，因为坐在周围的都是一些16岁左右的年轻人。他们喝的都是些啤酒、龙舌兰酒或是伏特加。点这样的酒看起来会很酷，尤其是大口喝酒或直接举着瓶子喝，更是豪爽的表现，甚至还有女孩子也这么干！我意识到，自己已经和周围的环境格格不入了。

我不由想起15年前遇到的一位女士。那时我刚好16岁，而那位女士已经超过50岁了。她喜欢穿着一条惹人注目的短裙，独自坐在这间咖啡馆的长桌上，有人叫她罗宾森女士，她特别喜欢和年轻人混在一起，风情万种地勾引小伙子们。只要她来了，大家都会说:"她以为自己还是 20 岁呢……穿成这样还敢出门!"

我可不想变成她那样,连照相机的咔嚓声都听不到。在那个年代,如果你听到了周围有照相机的声音,就要尽量摆出得体的姿势。我下意识地打量了一下自己的穿着。风衣。这样行吗?当时我买这件风衣的时候有没有听到照相机的声音?周围是不是有狗仔队想要偷拍我,然后写一篇配图报道,题目为"某明星穿衣品位很差",这可能是因为这件风衣下摆的剪裁是波浪状的,或是因为我坐姿不雅观,又或是别的什么原因。然而,之前的我根本不会考虑这些问题。

或许 16 岁的我会在这家酒馆里喝得烂醉,不省人事。但现在的我只会简单地喝几杯,买一件舒适的大衣,听一听乌多的音乐专辑。

这太不公平了!女人总是能找出"还没有"和"不再有"这两种状态之间的分界点。比如,她们很明白,自己到了什么年龄胸部就不再坚挺。可是男人们往往不知道什么时候应该停止干什么事。

皱纹已经爬上了我的脸,即便睡个好觉或是干脆不笑也不能令它们消失。我把最深的那条皱纹称作维罗尼卡·费瑞尔——一位知名的德国女明星,大家从名字就应该知道我对这条皱纹的态度是什么。它不会消失了,会一直在那里,像维罗尼卡·费瑞尔脸上的皱纹一样,不过在她这样的年龄能够保养得这么好已经很不容易了。多运动、多喝水、用一些护肤品肯定能淡化皱纹。

我喝了很多水，也给脸上涂了很多护肤品，有时候还双管齐下。我知道它们的作用是什么，能改善什么，对什么没有用处。费瑞尔的皮肤惊为天人，简直不像正常人的皮肤，我觉得她一定是用了什么方法。我不能看报纸也不能看电视，完全不想听这个问题：你觉得她整容了吗？

　　最近奥巴马夫人在电视上谈论全球粮食危机或是什么类似的事情，我根本没听进去她说的话，我只关注：她是不是整容了？米歇尔是不是打了瘦脸针了？

　　现在这个年代，反对打瘦脸针就像2000年抵制手机一样。在整容圈里，我们都知道，明星艾芮丝·贝本和演员森塔·伯格整过容，并且大家一致认为，后者比前者的整容效果好。有些人的变化更直观，我不想直言其名。但女星伊娃·哈伯曼的嘴唇突然变得饱满起来，肯定是动了手脚的。

　　我犹豫着，自己要不要做个微整形呢？30岁以前当然不用去做什么！正常的衰老也不是问题，让时间的痕迹显现在脸上也挺好的，我可以逐渐变成一位和蔼可亲的奶奶，一笑露出三颗牙齿。尽管最后脸上会布满皱纹，但整个人却自然又漂亮。

　　可是，30岁这个年龄却异常令人尴尬，你不再年轻了，却也没老到成为一位和蔼的奶奶。

　　我听过最可气的一句话是："天哪，她怎么老成这样了！"这话我也说过，不过是背着别人在自己家里说而已。一想到别人在家里也有可能这样说我，我心里难免失落难过。

一个年轻的八卦杂志编辑最近对我说："如果你对自己不满意，就看看《花花公子》杂志里照片被修过的女星西蒙·托马拉！"这可能是对年轻女士的最佳安慰了……

我那些在公司里工作的女性朋友说："再过5年，你的年龄会全部体现在脸上，到时候就等着比你年轻十岁的小姑娘和小伙子来代替你吧。"

该死的！我要因为这个原因去整容吗？难道有时候我们做一些违背自己意愿的事，只是因为大家都这么做了吗？这难道是对的吗？瘦脸针是女人的秘密武器？我觉得好身材更重要，不是吗？

大部分和男人一样拥有高学历的女人，工作起来也很努力，她们认为保持女性魅力在职场上不起决定性作用。如果你事业有成，即使体重超标、头发稀疏，也会有人对你说："您在电视上看起来很美。"

不久之前，整容医师觉得病人的容貌确实有问题才会建议病人做整容手术。但在如今这个普遍整容的时代，一切都变得不一样了。如果人们觉得自己哪个地方不好看，就会对那个地方进行重新塑形。如果我开始丰唇、丰胸或是打瘦脸针，那么事情便会一发不可收拾，因为你一旦开始整容，就再也停不下来了，最后就连膝盖上的褶皱都想拉平。不信你可以看看女星黛米·摩尔,她为了看起来能和比她小的阿什顿·库彻相配,一直热衷于整容,可最后还是逃脱不了和阿什顿·库彻离婚的命运。恢复单身的她只好自我疗伤,沉溺于酒精,很长时间都意志消沉。杂志上随即报道称"大明星的小失误"。

从16岁开始,我就喜欢坐在这家咖啡馆的吧台上。而现在,我整理了一下衣服的边缘,把葡萄酒放在一边,又点了一杯伏特加,不加冰,我这么做是为了纪念我的母亲罗宾森女士,旁边那些16岁左右的年轻人一定会觉我是个怪人。

自诊不可靠

网络传播信息的速度堪比瘟疫，如今你可以在谷歌上搜到任何病症。而用谷歌来检索病症，确定自己是否健康，就像用雷曼兄弟来检验国家的财政是否正常运行一样，功能相当一致。有时候我会根据自己的症状，在互联网上搜索信息进行对比，看看自己的判断是否准确。前两天我脚指头疼，怀疑自己得了静脉曲张，上网一搜才发现不过是真菌感染。但不得不说，静脉曲张特别吓人，看了那些可怕的图片，我差点儿吐出来。

如果真的检查出点儿什么，我也不会惊慌，因为我和那些整天怀疑自己得了不治之症的人完全相反，最常干的事情就是忽略疾病。

有些人只要背疼，就觉得自己得了肿瘤，胳膊被扎了一下，就火急火燎地要进急救室，唯恐自己有心肌梗死的危险。我刚好相反，在我的想象里，如果我被诊断得了癌症，一定会非常平静。

"太不幸了，根据诊断结果，你可能患了癌症。"

"我还有多长时间？"

"对不起，恕我们不能告知您。"

"好的，谢谢，我先走了。"

我会努力使自己不受医生诊断的影响，保持镇定。我曾经认为自己一定能够像电影里那些患了癌症的主角一样坚强，在面对癌症时不动声色。我不想变成那种一听到自己得了癌症就立刻崩溃，从而导致病情迅速恶化，快速走向死亡的人，而是想成为那些能够平静接受现实，认真计划如何快乐地度过剩下的日子的人。但如果这样的不幸降临到我身上的话，我真的能做到吗？不知道……

有一天，我的右腋窝长了一个奇怪的肿瘤，又大又疼。令人崩溃的是，只有右边有。我几乎没得过什么病，也没吃过什么药（阿司匹林除外），只在紧急情况下才看过医生。什么是紧急情况？完全由我自己估计。我的家人会在磕伤或高烧45度的时候用湿毛巾和菊花茶来解决问题，有几人还曾因为病得太重，没有及时就医而倒在卫生间的地板上不省人事，即便有这样危险的经历，他们也不愿意麻烦别人。

这样一来，用谷歌搜一下就成了大家最喜欢用的方法，它可以不惊动任何人。我在谷歌上输入"腋窝肿块"。结果,这成了我进"地狱"的敲门砖,也成了揭开互联网的另一面的契机。我很快查到了初步结果,这是淋巴结出了问题。因为之前扁桃体多次发炎,我对淋巴结的认识只限于脖子这一块儿,现在我知道了腋窝也有淋巴结。于是,我继续搜索。

"淋巴结、腋窝、肿大"。

前15条搜索结果是关于乳腺癌的消息。这太离谱了吧!我过去在脑子里想过无数遍的情况发生在了现实中。我想保持镇静,可内心只剩下了恐慌!我脑子里飞快地闪过很多问题:这个肿瘤会不会转移,会不会只把长肿块的那侧胸部切除?我还有时间写遗书吗?我要不要去看一下医生?

是的,我现在才意识到,乳腺癌是紧急情况,必须去看一下医生了。我泪流满面惊慌失措地坐在医生面前,向他讲述我的病情。我本不想在大庭广众下哭泣,可这关乎生死,即便是在公共场合失控大哭,大家也会理解的。医生很快为我做了检查,老练地按了按左腋窝和右腋窝,时间仿佛好像过了一个世纪,他终于开口对我说:"没什么问题,汗腺发炎了,没事!"

这时我简直想把谷歌告上法庭,向他们索取精神赔偿金。我应该在看医生之前也查查"汗腺发炎"。"太好了,谢谢您,"我对医生说,"我现在必须走了。"

杂志成瘾症

我现在戒掉爱看女性杂志了的习惯了。之前我特别沉迷于女性杂志,最喜欢的是《米妮老鼠试验》(*Minnie Maus Heft*)和《喝彩》(*Bravo*)。接着又迷上了《时尚》(*Cosmopolitan*)、《女友》(*Freundin*)、《佩特拉》(*Petra*)和《布丽奇特》(*Brigitte*)。现在我完全戒掉了这些杂志。只有在等候室无聊的时候,才会拿起那些免费的杂志翻一翻。这是为了让自己的生活方式更加健康而做的尝试,包括只买有金色的 M 质检标识[1]的绿色环保家具,远离麦当劳的干酪汉堡包等。我对自己说:不,我不要再吃那些垃圾食品了,厨房里一定还有根儿胡萝卜……

---

[1] 金色的 M 质检标识:德国唯一的绿色环保家具之间标识。

最近出现了一个很久都没有出现的问题：衣柜总是塞满衣服，可出门的时候却没什么可穿。裤子是去年的款式，样子看起来怪怪的，裤边还往上缩了3厘米，似乎根本不能穿。衬衣的垫肩也很奇怪，没有一件衣服看起来正常。镜子里面的我更是可怕，完全是衣着惊艳的模特的反面教材。看着镜子里面的形象，我简直太震惊了，为什么我会买那些丑得根本穿不出去的衣服？

　　小时候我在穿衣服这件事情上可没这么纠结，因为我属于那种从衣柜里拿出什么就穿什么的人，对时尚这种问题既不敏感也没兴趣。我平常不戴首饰、不系皮带，因为我觉得这些都很多余。对我来说，穿衣服就是为了遮羞而已，只要不裸着上街就行。

　　长大以后，看到大街上的人们漂亮的衣服，我才意识到自己的随意有些不太体面。那些看起来光鲜亮丽的女人们，出门前都要花上数个小时打扮，希望自己能够吸引别人的目光，她们花了那么多的力气，如果还是不受欢迎，恐怕会沮丧好长一段时间。我去看过的每个心理医生都说，我这种想法属于中度强迫症，或许这是因为我有自己的标准吧。当我能让别人喜欢我的穿着时，我就可以很肯定地说，他一定是因为觉得我本人不错，才会爱屋及乌地喜欢我的衣着。如果有人问，为什么我过去的穿着看起来还可以，互联网上的照片也拍得很漂亮，原因很简单，那个时候我有自己的服装设计师，我的形象都是由她亲自打造的。

曾经有一段时间，我痴迷于时尚。看到衣着漂亮的女性，我总会感觉很兴奋，受到她们的启发，我也会在衣柜里精挑细选一番，试图把自己打扮得更时髦。

　　穿着时髦的女性往往自我感觉良好，穿得好，感觉就好。和你谈话的时候，她们更关注自己的鞋，而不是你说话的内容。她们搔首弄姿，只顾摆弄自己的头发，脑子里思考着自己的手怎么样放在大腿上会显得比较好看。只有当别人的打扮赛过了她们的时候，这种盲目自信才会被彻底击碎。有的女人甚至只需要几秒钟，就可以搜集到对方的一切信息。无论观察后得出的结论是什么，她们都会装作什么也没看见，若无其事地走开，恢复到只关注自己鞋的状态，一切如常。

　　有一天，我突然意识到，我真的没有什么像样的衣服可穿。我甚至不知道应该如何搭配现有的一堆衣服。我需要灵感。我又旧病复发了。在长时间的戒瘾后，我又去找我的心理医生，手里拿着3本时尚杂志。这3本杂志里一共展示了80页的时尚穿搭，这些衣服穿在模特身上，又没躺在我的衣柜里，因此它们根本不解决任何问题。这些杂志里写着"减肥、健康、时尚、食物""测试题：您的性生活怎么样""美丽密码——彩妆新趋势"。在另一本杂志上写着："裸体当道""流行趋势：让您更高端""爱自己——最宝贵"，还有"性事不走寻常路——41条别样的性爱指南！"

书中的性爱指南里给出的建议是：在厨房的餐桌上、在浴室的浴盆里、靠着门框等，最夸张的建议是在阳台上："把沙发床放在阳台上，先伴着星光进行一次小小的野餐，然后再慢慢靠近对方。"

糟糕，我又一次从头到尾看完了这本杂志。

我的感觉就像是在麦当劳里猛吃了一顿大餐：双层汉堡加薯条，还有一大杯可乐。老毛病又犯了的感觉太令人痛苦了。

我现在主要看地理杂志和汽车体育杂志。我希望这些杂志能够成为让我摆脱女性杂志的良药。

我的上帝

我没有学习过如何信仰一门宗教，一直都是家里人怎么做我就照着做。宗教信仰就像过圣诞节一样是个传统，很难对其进行准确的评价。对我来说，去教堂祈祷还不如吃一顿土豆沙拉配香肠，去听圣诞节故事还不如收到一份称心的圣诞礼物。

我曾经上过宗教课，因为它是一门必修课。借着这样的契机，我成为了宗教的信徒，自此以后，我就把亲戚给我的压岁钱当作上帝给我的礼物。上帝和我的祖父一样，我相信他，可是并不知道他从何而来、想做什么，以及应该用什么方式对待他。当你需要的时候，他就会在你身边，尤其是遇到难过的事情时，比如我养的小仓鼠在我7岁的时候去了天堂。

为了让父母允许自己养一只小宠物,孩子们会变得像参加竞选的政治家们一样,热衷承诺。"我们会承担责任"是政治家和想要养小动物的孩子们最爱说的话了。虽然父母和选民们知道,孩子和政治家们一样,大多不会兑现诺言,但他们还是会选择相信。也有可能是,选民们希望选举活动赶快结束,能恢复正常的生活,而父母则希望孩子们不要再缠着自己了!

我的小仓鼠遭受了和竞选承诺一样的命运——被遗忘。它像大城市里退休的老人一样,在独居的房子里孤独地死去,过了好几天才被人发现。小仓鼠的尸体是被我父母发现的,他们闻到我房间里有奇怪的味道,以为是面包馊了,最后才发现是我的小仓鼠死了。我当时很难过,总是想起我的小仓鼠,觉得它没有死,而是用一种很神奇的方法逃出了笼子。于是我把自己的屋子翻了个遍,幻想着它能从某个地方突然蹿出来。可事实上,它已经在花园里沉睡了48个小时。我终于意识到,它再也回不到我的身边,我非常内疚,真想在自己脖子上挂一块牌子,上面写着:"我是这个世界上最狠心、最糟糕的仓鼠妈妈!"

我在花园中的醋栗树下用树枝做了一个十字,和父母一起为小仓鼠祈祷。我恳求爸爸妈妈把小仓鼠的尸体再挖出来,让我见它最后一面,和它告别。我的祖父告诉我,它已经升上了天国,在那里过得很好,亲爱的上帝正在照顾它。上帝似乎比我还会照顾小仓鼠。

一年之后，我的祖父也告别了人世。接下来的几周，陆续有人走进祖父的卧室，然后一脸悲伤地走出来。最后一个从卧室里出来的是祖父自己，安静地躺在棺材里。讣告里说他长时间经历病痛的折磨，会在天国里幸福地生活，远离痛苦和悲伤。事实上，他生前已经经历过极大的痛苦了。

我的心像是被掏空了一样，我再也见不到祖父了，他永远地离我而去了。无论牧师怎么说，祖父都已经不在人世，我根本没办法用平和的心情幻想他在天堂里和上帝一起快乐生活的场景。我相信，许多哭肿眼睛的亲戚朋友也和我一样的感受。我隐隐地感觉到，大人们没有一个人相信牧师的那番话，他们和我的想法一样。尽管如此，我偶尔还是会觉得，祖父和小仓鼠或许真的在天堂里快乐地生活，说不定他们正看着我。每到这个时候，我就会变得特别孩子气。

直到现在我还在用小孩子的方式来对待宗教，只相信自己心目中的那个上帝，平常也只在心血来潮时才做祷告，不会像虔诚的信徒一样去做"固定祷告"。之所以这么做，或许是因为我和大部分人一样，对《圣经》没什么了解。复活节的时候，我在德国电视二台上看到由《圣经》改编的电影，这再次勾起了我的回忆。原来，我最了解的《摩西十诫》已经体现在《公民基本法》里了——不可偷盗、不可杀人、不可贪恋别人的妻子。而传说中耶稣把水变成了酒，变出了更多的面包，还有所选择地唤醒了死去的人的故事，则引发了我的思考。

在《旧约》中，亚伯拉罕[1]为了证明自己的虔诚，需要杀死自己的儿子。而在上帝和撒旦的约定中，苦难被用来检验约伯是否忠于信仰，因此约伯经历了一切不幸，妻子走了，孩子死了，工作丢了，房子也没有了。如果仔细想想就会发现，当约伯遭受苦难的时候，上帝并没有表现出一丁点儿的同情。而在现实生活中，《圣经》里万能的上帝也没有做太多事情来解救人们的苦难。

当然，这位在《圣经》里备受推崇的上帝也还是有些用处的，好的用处，或者坏的用处。上帝的工作很简单，只要把这个人的苦难推给另一个人就行了。无所不能的上帝就是这样维持世界秩序的，他的行为不可预测，完全自己承担责任，所有的问题都靠自己解决。如果你对一段恋情的态度特别积极，或者特别消极，你都可以用上帝来解释："上帝希望如此，上帝不希望如此"，这绝对比"或许我应该少一些任性古板"要好。

可是，如果你一直都信仰传统教义，在传统的教堂里祷告，那么你很快就会厌烦一切的。因为父母会在念完《摩西十诫》后，用石刑来吓唬不听话的孩子。难道这就是大家敬仰的上帝吗？天主教徒们，这就是你们相信的神灵？你们真的相信，马利亚是处女，我们所有人有一天都会复活，和我们的躯体一起复活？甚至包括小仓

---

[1] 亚伯拉罕：圣经中犹太人的始祖。

鼠？你们真的相信，上帝为我们所有人都安排好了各自的人生？

对我来说，上帝的作用和日记本的作用差不多。发生了不好的事情，你可以写在日记本上，发生了好的事情，你也可以写在日记本上。很难想象，就在前几年，爱尔兰的天主教徒和耶稣教徒还发生过流血冲突，死伤无数。巴尔干半岛的战争中也掺杂着穆斯林教徒和基督徒的教派之争。

因为旧宗教教义的复杂，所以现在产生了许多新宗教。每个教派都有自己的地盘，教徒也有不少。他们最流行的活动就是开讨论课，每个人都承诺马上向善。在我朋友圈里，有些人抛弃了过去热爱的特内里费岛的哈达瑜伽静修之旅，开始追求新的身体感受，努力让内心平静、深化自我认识，而有的人则热衷于做瑜伽。在我看来，这样的活动除了让人过度疲劳，造成轻微的肌肉疼痛之外，基本上没什么好效果。

很长一段时间，信徒中也很流行学习神经语言程序学，它在很多地方都备受追捧，尤其是丹麦。我曾经在丹麦的一间小屋里，和那些想要重塑自己的人待了一周。神经语言程序学承诺会让我们彻底改变。就算是电脑编的新程序也难保不出错，神经语言程序学怎么可能解决所有的问题？比如，我不能用它来解释我的鞋为什么看起来会这么破。当然，刚说完这句话我就被信徒告知，必须为自己的不当言论道歉，因为根据神经语言程序学的理论核心是：问题不在听的人,在于说的人,也就是问题在我。由此看来,神经语言程序学对我来说也不是一个好方法……阿育吠陀这个方法也流行了一段时间。头上涂满油,撒上姜粉,再念一条阿育吠陀的咒语,如:"我身体里的火太大了,所以才会这样生气。"但我明明在烹饪课上学到,不能老吃辣味的食物,因为辣味会引发内火。和真正的宗教相比,阿育吠陀有个优点:你只需要每年去印度修行2到3个礼拜就可以了,什么时候有空什么时候去就行。据说这个方法可以唤醒内心的安宁……

此外,冥想也很流行,摆几张卡片,询问天使,再加一点儿佛法,大家又开始相信阴历和星象了。我觉得所有起作用的都可以尝试。假设有人每天喝下一升醋觉得非常舒服,那我们为什么要反对他这样做呢?当然这样做的人并不多见。很多年前还觉得圣母像很滑稽,没有什么固定信仰的人,现在竟然已经很自然地从天主教过渡到犹太教。

我发现,其实我们都多少信一点儿天主教。仔细观察,你就会发现祈祷方式正在不断地更新换代。我在森林里散步时曾经遇到两位年轻女士,其中一个说:"这棵树太漂亮了,我必须在这里冥想。"然后立刻盘腿坐在树下。另外一个人站在旁边,看着自己的朋友如何和大自然进行深入灵魂的交流。我也站着,脑子里浮现的话却是经典的祷告用语:我的上帝啊!

Chapter 07

星期天 那些回忆

快点，迅速，出发！

奶奶有老年痴呆症，得这个病太不幸了，不过有时候却蛮有趣的。比如奶奶会把她的奥迪 100 的零件一件一件地丢掉，挂在其他车上、挂在树上、放在屋子角落里，甚至搁在购物车里。她年龄越大就越想把零件拆下来到处乱丢，但一直不让卖这辆车，因为爷爷说过，这车能跑 40 万公里。

可是，这部车的计数里程表走到 32 万的时候，爷爷就去世了，所以，奶奶想完成爷爷的心愿。奶奶把车的号牌包起来，用小熊糖的金色包装纸塞在后视镜的隔板和镜子之间的缝隙里，防止镜子松动脱落。每当我开着这辆车去上学的时候都会觉得特别难为情。其他同学的保时捷停在学校门口，而我只能把我的奥迪藏在体育馆下面的停车场里,免得被别人看见了笑话我。

奶奶还在车的后座上铺了一层自己织的坐垫,副驾驶座上则铺着仿毛料的坐垫。这样一来,这部车子看起来就像自家用的旅行车一样。

奶奶从来不修车。也许是忘记了。有时候她也会注意到车身上有碰撞留下的痕迹,可总记不起要去修理一下,所以她每个礼拜都要打电话问我:"卡特琳,以后你开车要小心一点儿,是不是出了什么车祸,你一定要和奶奶说实话,要不然我就打电话叫警察了啊!"

每个礼拜我都要想办法阻止奶奶把我告到警察局去:"奶奶,您不记得啦,您上次把车从车库里开出来的时候,忘了开车门……"

"我吗?不会吧,我怎么记不得了……"

不知从什么时候开始,她连杯子和桌子上放的小盆栽都分不清了。有一次,我送了她一盆花,十分钟后,她却端着花盆试图从里面倒水喝,直到那一刻,我才意识到她的痴呆症真的很严重。刚开始的时候,我觉得有些辛酸,可是时间久了之后,我反而喜欢上她那些有趣的行为。

我的奶奶性格非常好,总是面带微笑,是个很开朗的人。比如我们一起出门,我磨磨蹭蹭的时候,她就会说:"别磨蹭了,天堂里面有雪茄。"意思就是:"快点,迅速,出发!"

我每次去看奶奶，走到客厅就能听见她大声叫喊："哎呀，这是谁来看我这个老太婆啦！"随后就看见她充满活力地打开房门，我还没顾得上说话，她就会说："什么？是谁站在门口啊？快点儿进来，你想吃点儿什么？想喝点儿什么？什么都不要，好吧，那就坐着陪我聊聊天儿吧！"

即便是我带着陌生人去她那里，她的表现也是如此。她从来都不知道走进屋子里的是谁，只要进了她的屋子，她都会招呼大家：快点儿进来，欢迎你。

奶奶不会要求来客脱鞋，因为奶奶的客厅和汽车里面一样乱。客厅的地面上总是铺着三张地毯，一张叠着一张。奶奶甚至还会穿粘着口香糖的鞋，随意地在客厅里走来走去，她总说："我在这里生活！如果地毯太脏的话，把上面的一层地毯揭掉就干净啦！"小时候我觉得奶奶的想法太棒了，因为小孩子总会因为弄脏了地毯而挨骂，可是在奶奶这里就不会，不用担心把食物残渣掉在地毯上而受到批评，这简直太好了！

奶奶的行为总是与众不同。她是个大嗓门儿，在候诊室里也不例外："你说，今天学校怎么样啊？"还是小孩子的时候，我就知道候诊室里应该尽量小声说话，于是我轻轻地回答奶奶："我今天在学校……"还没等我说完，奶奶就打断了我，大声喊道："你说什么，正常说话！"

我又轻声回答道:"您看其他人都那么安静……"可是奶奶又大声说:"你说不清楚的话就算了,我无所谓,找一个能正常说话的地儿怎么这么难!"我尴尬得想找个地缝钻进去。候诊室有人用杂志盖着脸,轻声咳嗽了两声来提醒我们注意礼貌。这声咳嗽对奶奶根本不起任何作用,她永远也不会想到要在公共场合保持安静。

即便隔壁的邻居在家里办舞会,弄出很大的声响,奶奶也不会像其他人一样打电话报警,而是很积极地支持他们弄出更大的噪声来。"既然他们在聚会,那就让人家好好地玩一玩,又不是经常这样闹,不是吗?"

奶奶一直痴呆了十年,刚开始忘记我的生日,然后忘记我的名字,后来干脆不认识我了。每次见面她的病情都又严重了一点儿。最后,奶奶忘记了一切,沉迷于玩线团,把线团卷起来又拆开。

尽管她已经去世了,可是对我来说,她仿佛还在身边。经历了那么多痛苦的折磨,我已经能够平静地接受她去世这个事实了。可是当爸爸告诉我说,奶奶是在大腿骨折和肺部感染的情况下去世的,我突然很难受,过去十年中奶奶的种种可笑行径和病痛相比根本不值一提。我的脑子里不断浮现出奶奶曾经做过的那些事情,我害怕盗贼入室盗窃,她就坐在我的床上安慰我:"你看,外面的雨这么大……贼也是要休息的,天气这么糟,他们出来偷东西会淋成落汤鸡的!"我担心未来,她就特别大方地告诉我:"只要我有钱,你就从我这里拿。没钱了就来找我。"

　　我特别不愿意面对离别，特别害怕看到自己爱的人渐渐失去生命。可是在奶奶临终前，我却鼓起勇气走到她的床边，听着她的呼吸声渐渐减弱，呼出的气息带着"呃呃呃"的声音。她已经不能言语，只能用吗啡来减轻痛苦。我对她说："谢谢您，奶奶，您放心地离开吧，天国里面有雪茄。"

　　奶奶的告别仪式安静、悲伤又带点美好。奶奶的一生多么传奇。我抓着她的手，战争已经过去，和平已然到来。很久以来我都和家里人格格不入，总喜欢和他们对着干，好像只有这样才能显示出我的与众不同。可就在这一刻，在奶奶去世的这一刻，我终于意识到和家人和平相处有多么重要。我为奶奶感到骄傲。快点，迅速，出发！

我的弟弟乔纳斯

我期盼了许久，终于有了一个弟弟。

我的父母完全不知道我这个弟弟。他们一直以为，活泼可爱的我是他们唯一的孩子。小时候的我阳光快乐，这点有照片为证，只要你翻看我1岁到10岁的照片，你一定会发现我不是在开心大笑，就是在夸张地向镜头招手示意。照片上的我尖叫的声音一定比贾斯汀·比伯的忠实粉丝的欢呼声还大。

在外面我是一个开朗的独生女，在家里却有些不同。以现代人的眼光来看，我的性格非常适合干和媒体相关的工作，因为我能够用一些"创造性的语言"来形容自己的生活。也就是说，我的这种天赋很吸引人的眼球。这种天赋是孩子们具备的天然优势，成年人即便努力也难以获得，它意味着更多的关注、朋友和更多的"喜爱"。接下来，我就要开始讲我的弟弟了。

　　早在上一年级的时候我就知道，如果争夺别人对自己的注意力算是一种能力，那么独生子女一点儿优势也没有。因为独生子女没有机会经历霸道的哥哥姐姐和淘气的弟弟妹妹的折磨，独生子女的生活看起来很幸福，然而，事实并非如此，独生子女没机会体会和兄弟姐妹一起玩儿的快乐，总是一个人孤单地玩耍。而且，独生子女这个词几乎算得上是一个贬义词。

　　"嗯……独生子女。"大家总会用怀疑的态度看待独生子女。"独生子女"这个词儿听起来就很不可靠，几乎每本教科书和小孩子的课外书上举的典型家庭的例子都是由爸爸妈妈和两个孩子组成的。公共宣传中从来没有出现过"只生一个好"这样的标语。更何况独生子女总是容易给人一种娇惯的印象。

　　每个人见了我都问我有没有兄弟姐妹：

　　"你有兄弟姐妹吗，卡特琳？"

　　"没有，我是独生女，怎么了？"

　　"我以为你还有兄弟姐妹呢，你看起来根本不娇气。"

　　我当然不娇气，因为我又不是被溺爱着长大的。很小的时候，爸爸妈妈就要求我不能娇气。随着我渐渐长大，我逐渐意识到，如果想要成为一个不娇惯的人，最好能够有兄弟姐妹，因为兄弟姐妹之间总是存在竞争,一个玩具,一块蛋糕,甚至父母的爱,都可能成为他们竞争的目标。周围这种多子女家庭使我意识到,不通过动脑子竞争就能拥有属于自己的房间是一件多么糟糕的事情,你永远也享受不到和兄弟姐妹一起在房间里玩遥控车的快乐。

人生第一堂重要的课程就是要让孩子明白,生活并不是一块不用费力气就能享用的糖果,如果孩子有兄弟姐妹的话,那么他们就能很快地体会和学习到这一点。正因为这样,我的爸爸妈妈才又要了乔纳斯。

乔纳斯是我的弟弟,他完全是我幻想出来的,就像美国总统总是幻想萨达姆·侯赛因拥有大规模杀伤性武器一样。我和乔治·布什一样,都很得意自己的谎言。

对我来说,乔纳斯好像是凭空出现的。他非常小,才半岁,他来到这个世界上的时候,我才上小学一年级。这就是我脑子里幻想出来的所有关于乔纳斯的信息。其他没什么好说的,毕竟他现在年龄小得还什么都做不成呢。他已经在我的脑子里了。在我已经上小学的年龄才发现我的父母又要了一个小孩,我是什么感受呢?一方面觉得很有趣,另一方面又隐隐地担心。你们应该知道这是一种什么样的感受。

一切都那么顺利。我抱着弟弟在学校操场上玩儿的时候会吸引很多人的目光,因为同龄人都没有这么小的兄弟。大家或许会有比自己小三岁的弟弟妹妹,或者比自己大四岁的哥哥姐姐,像我这样比自己弟弟大七岁的情况并不常见。这样的感觉太棒了！

和乔治·布什一样，我觉得我的故事讲得滴水不漏、无懈可击，并且极其精彩。（孩子们总觉得自己是最棒的，因此我们必须反对演员赫贝特·格勒内梅厄的家长作风，他一直以来都想用命令的方式控制孩子。我们不应该命令孩子，我们也不可以相信孩子，这似乎有些矛盾，但我知道我在说什么。）

我的脑子里经常会冒出一些稀奇古怪的想法。比如想挖一条通往学校的地道，或者是造一间可以住人的树屋，淋浴、厨房和厕所一应俱全。我觉得大人们造地铁的想法一点儿都不科学，我应该怎么做才对呢？端一盆水、拿着一把铁锹在花园里挖土，一定会挖到学校的，哪个步骤是最难的呢？我想应该是如何使用儿童铲来实现这个伟大构想吧。

我的地道计划称为"斯图加特21[1]"。然而，这么大的一个工程因为施瓦本人民（我的父母）的反对票而作罢。我的树屋计划也没有通过议会（我的父母）表决。更糟糕的是，我幻想中的弟弟乔纳斯也被布鲁克斯女士彻底粉碎。有一天，我想和布鲁克斯女士的女儿克里斯汀一起去上学，我敲了敲她家的门，她妈妈打开了门。

"卡特琳，我听说你有弟弟啦？"一听到这句话我就知道一定是克里斯汀向她说的，简直太讨厌了，这是我们孩子之间的秘密，

---

[1] 斯图加特21：一项在德国巴登－符腾堡州斯图加特市进行中的铁路交通重组工程，作者借用该工程的名字。

为什么要说给大人听呢。

"是的,我弟弟叫乔纳斯!"随后我又向她完整地说了一遍弟弟的事情。我一直在喋喋不休地说,直到布鲁克斯女士打断我:"你根本没有弟弟,我每天都能看见你妈妈上班,可是她根本没有任何怀孕的迹象!"

这个消息太令我震惊了!我根本没有料到,布鲁克斯女士能天天见到我妈妈。我再也不能忍受她了,她又胖又凶,她瘦小的孩子们和她一点儿都不像,怎么看都怪怪的——现在还要求我为我的谎言跟她道歉。可是人不应该撒谎,所以我乖乖地说了声"对不起",尽管我当时并不明白自己为什么要说对不起。

我并不能算是彻彻底底地撒谎。正是因为我想要个弟弟,所以我才编造了这个谎言。我没有真正的兄弟姐妹,难道连幻想一下都不行吗!一个七岁的孩子根本分不清幻想和谎言之间的细微差别,就连美国总统都分不清,更何况是我呢?但是那时候布鲁克斯女士根本不了解这一点。

她简直就是一个只会令人扫兴的人。我想象中的弟弟没有伤害任何人,还给我带来了快乐。当我把自己这个幻想告诉妈妈的时候,妈妈并没有表现出很惊讶的样子,更没有因为我撒谎而惩罚我,而是告诉我,我就是独生女,没有兄弟姐妹。但我不得不承认,这个事实本身就是很大的惩罚了。

真正的女人

尽管我5岁的时候就已经知道孩子和"送子观音"没有关系，是爸爸妈妈创造出来的，但是具体的细节我仍然不清楚。小时候我觉得梅格·瑞恩在电影《当哈利碰上莎莉》中假装高潮的场面特别可笑，尽管我当时并不知道高潮是什么。

一个女人在这种场合里矫揉造作本身就是一件足够逗得我哈哈大笑的事情，也许这是因为我一直以来都认为，女人不必为了取悦男人而表现得十分色情。

我们这一代是不愿意负责任的一代人，总是想着什么事情都是别人的责任。父母把性教育的责任推给老师，老师推给学生，学生们就只能从黄色书籍和谣言中获取性知识了。所以直到现在，有些获得了7个不同学位的30多岁的知识女性，还会问出这样可笑的问题："月经的最后一天能怀孕吗？"尽管女性对性知识一无所知，但却对一些复杂的概念了如指掌，比如：定期存款、联邦基金、基本利率和伦敦同业拆借利率。

我的生理卫生知识是这样学到的：老师拿着5个避孕套，脸上带着一丝窃笑走进教室，一言不发地故意放在每个人的桌子上。"这是为那些最有可能用到它们的人准备的。如果用完了还是怀孕了，可不要向我抱怨哦！"老师的脸上挂着意味深长的笑容。

剩下的时间，老师就给我们放幻灯片，向我们展示手绘的男女生殖器是什么样子。那些图看起来极其抽象，我现在已经想不起来老师当时讲的是什么了，我唯一记得的就是，第一次见到真正的男性生殖器的时候，我觉得它不太正常，因为它的外形和老师上课时展示的差异太大了。

我在生理卫生课上学到的知识，让我对孩子是怎么来的问题有了一个基本的判断，从而不至于闹笑话。

"妈妈，你说我在婚礼上应该穿什么衣服呢？"

"你最近是不是有什么情况了？"

如果我的妈妈或是我那些女性朋友的妈妈们发现自己的女儿交了男朋友，或是最近变得喜欢和男生说话了，她们就会立刻拽着孩子去看医生。"你应该懂得如何避孕了！"

少女们会悄悄地收集不同款的避孕套，想要知道它们到底是不是草莓味的，有的人甚至会参加一些色情聚会。

有些女孩子发育很早，我的朋友史蒂芬妮10岁的时候胸就已经很大了，这给周围的人一种错觉，这个女孩子很放荡，尽管她是一个很乖的孩子。这种扭曲的看法给她带来了不幸。3年之后的一次野外露营中，她被同行的几个男孩儿强暴。我们都能够预想得到这件事对她的打击有多大！

无论如何，从史蒂芬妮的事情中，我知道了胸大的坏处。随后，暑假到来了，我13岁了，最喜欢穿一件橙红色的背带裤（当时背带裤非常流行，不像现在一样被认为是恋童癖才喜欢穿的衣服）。背带裤的外面还装饰着银线刺绣。原本这件背带裤还配了一件橘红色的上衣，可是我总是不记得穿它。我的父母和他们的朋友讨论了很长时间，关于到底要不要强迫我穿上衣。当时的我根本不理解他们为什么要求我穿上衣，我的胸平得像飞机场一样，根本没有遮掩的必要。可是假期结束的时候，妈妈还是语重心长地对我说："卡特琳，过了这个暑假你再也不能不穿T恤！"在妈妈的要求下，我穿上了上衣，而我的朋友比约伯就可以裸上身。当时的我根本不理解，还委屈地对妈妈说："你看比约伯都不穿T恤！"

假期过后，奶奶给我买了一件无吊带胸罩。和普通的胸罩比起来，无吊带胸罩没有束缚人的带子，非常舒服。之后我还得到了3

件A罩杯的淡紫色胸罩。我要穿胸罩了，这似乎成为一个转折，让我告别了自己的童年。

萨拉10岁的时候就来了月经，因此她成了所有女孩子的咨询师。只要大家有关于"月经"方面的问题，都会去找她解答。萨拉的回答很可怕，月经期女孩子会很疼，几乎一周时间不能想穿什么就穿什么，而且到处都是血，很恶心。听过她的话，没有人想来月经。

对我来讲，月经和拉丁文一样，我完全不明白它们到底有什么用处，反正我又不想要小孩。和月经相比，我更愿意装一个人工肺，最起码遭受这个痛苦后，我可以痛快地吸烟，不用担心得肺癌。萨拉也根本没有享受到成为一个真正的女人的喜悦，反而觉得自己变成了残疾人。大家都觉得来月经不是件好事情。芭比没有来月经，克劳迪娅也没有，可是貌似也没有什么大不了的。月经不是成为女人的标志。

难道我们变不成女人了？无所谓。对于我们来说，月经来得越迟越好。我的月经迟迟不来，最后就连家人都开始关心地问我：来了没有？

我还记得第一次来月经的情形，那是一个星期天，在庆祝完姑姑的生日后，我正打算换上睡衣，结果惊讶地发现月经来了。我高兴地大声喊道："你还是来了！"听到这个消息，我的父母终于松了一口气。大家纷纷举杯庆祝，真是双喜临门！

月经的到来宣告我终于成为一个真正的女人了，这个消息不胫而走，我一下变成了名人，以前那些从来没有注意过我的人，那些男孩子们，开始有意无意地和我搭讪，有些女孩子在经历了初次月经后，性格也发生了变化，从之前的假小子变成了房子里塞满毛绒玩具的乖乖女。她们开始在练习本上画心形，在手机的通讯录里按照名字的首字母挑选和比较合适自己的人……

　　当时困扰我们的，还有卫生巾和内置卫生棉条的选择问题。因为爱丽弗说用卫生棉条有戳破处女膜的风险，所以大家都选择用卫生巾。但如果经期时间很长，大家还是会用卫生棉条，而且会很同情爱丽弗，因为她是一个土耳其人，由于宗教原因，她只能用卫生巾，而我们就没有这方面的困扰。妈妈会给我列出应该买的东西，还专门从办公室给我打电话叮嘱我不要买错了。

　　有些女生，初次来月经的时候蹲在厕所，摆出千奇百怪的姿势，还是弄不明白应该怎么用卫生棉。克里斯汀在公共厕所忙得满头大汗，扔了一地的卫生纸，都没有搞明白内置卫生条的正确用法。

　　还有，月经到来和"终于成为真正的女人"之间的关系让我觉得很奇怪。血和上述那些纠结的探索怎么会和真正的女人有关系？在我看来，要成为一个真正的女人必须经历一系列不可或缺的环节，比如亲吻……

　　我的初吻是和一个叫汤姆的男生，他比我高一个年级。当时有一个比自己大的男朋友是件很酷的事。在阿伦市新年钟声敲响的时刻，他突然吻了我，周围还有很多人，这真是一个大大的惊喜。

我从来没有想过我的初吻会是什么样子的，因为我觉得这一天迟早会到来。他的舌头撬开我的牙齿，深吻很长时间。我们互相用舌头舔对方的牙齿。我有点儿担心，会不会有哪颗牙齿不能用舌头触碰呢？如果有些人的牙齿有问题，那么这种深吻的方式就不大适合。不是每个人都适合深吻的。我不知道哪些方法算是正确的，所以只能不断地进行尝试，包括用舌头舔牙齿。汤姆比我大，这不是他的初吻，所以他很快就察觉出这是我的第一次。他一脸嫌弃地对我说："你不要把牙齿伸得这么靠前！"

这是我的责任，我对如何接吻一点儿概念都没有，牙齿靠前又是什么意思，怎么才能往后缩一点儿？

我备受打击，哭着跑回家了。我的吻技太糟糕了，都是因为我的龅牙。爸爸妈妈从来没有注意到我的龅牙会影响到接吻吗？他们应该早点儿跟我说才对，最好能提前给我矫正牙齿！

我真想今后用抱着爸妈狂吻的方法来向他们要零花钱，只有这样，他们才能真切地感受到我的牙齿到底有没有问题，有多大的问题，是牙齿的问题还是吻技的问题。可是我一直没有碰到一个帮助我解决这个问题的人——因为之后再也没有人抱怨过我的牙齿有问题。

生育和战争

我 16 岁的时候就和好友苏珊一起约定：我要和她同一年生孩子，就在我 27 岁，苏珊 28 岁的时候。我们俩觉得这个计划很科学，我们可以一起照看婴儿、一起聊聊孕期注意事项、一起去早教机构学习。这样的话，我们可以一起度过孕期，不必依赖其他那些不认识的准妈妈们。

现在我已经 31 岁了，可还是没有孩子，这并不是因为我不想要孩子。我最好的朋友们都认为我即便有个孩子，那也不是提前计划好的，绝对是意外导致的。大家之所以有这样的观点，是因为觉得我这个人从来都不善于搞计划，这种误解大概是因为我规划的两次旅行、几次搬家和多次生日聚会的失败导致的。尽管我已经解释了原因，可他们还是不相信我。我给出的原因是，我有荒野恐惧症，真的！

我想像五十年代的黑白电影里的女主角那样，怀孕的时候可以做漂亮的发型，任何时候都可以捧着大肚子说："我觉得要生了！"然后背景音乐响起，镜头转换，就看到了在医院产房门口准爸爸手里拿着一根烟，焦急地等待着。接着，妈妈抱着新生儿躺在床上（发型依旧保持不乱）露出幸福的微笑。有了彩色电视机以后，所有的景象都变得糟糕了。

德国人很少讨论生育和战争这两个话题，可能是因为两者都具备同样一个特点——血腥。很长时间以来，我都十分相信妈妈的话，尽管生孩子很疼，但是当你把自己的孩子抱在怀里的时候，你就会忘记一切痛苦。如果真是这样的话，那么生孩子就是一个先苦后甜，以大团圆为结局的电影。

我的一位女性朋友告诉我，生孩子是很痛苦的，和妈妈说的完全相反。我从那些被孕妇们喷一脸尿的医生那里听说，生孩子的时候，产妇的尿道肌肉会完全不受控制。从这以后，我再也不想听到任何关于生孩子的事情了。我的感觉就像我的好朋友一直向我推荐一片特别棒的海滩，因此我抱着很大的期待，结果我到了之后才发现那里简直像地狱一样，时不时就会有游人莫名被谋杀。面对这样的情景，我之前的热情消失得无影无踪，唯一想做的事情就是赶快回家……

年轻母亲们都告诉我，生孩子会对母亲造成伤害，生孩子的痛苦是难以用言语描述的,她们一度以为自己坚持不下去了,"生孩子的时候没有一个时刻不痛苦得想死,根本躲不过去。"事实和那些鼓励生育的广告上的说辞完全相反。

"无论你妈和你说生孩子有多好,当你自己生的时候你就会知道,根本不是那样。我又想起胞衣脱落时候的痛苦了。"一位朋友说。这就好比你以为你准备好了,可是正式开始前却发现一切都得从头来过,谁的经验都借鉴不上。据我所知,生产后的一周产妇还要经历更加糟糕的事情,我的一位朋友曾经这样描述:"我觉得我快要流血而亡了!"还有什么吗?是的,那些剖腹产的产妇就连上个厕所都要鼓起很大的勇气,因为这会让手术创口无比疼痛。有的产妇还会出现激素分泌不足的问题。

我们还没有讨论准爸爸们在生产时候的责任。他们坐在走廊里抽烟是不对的,应该进产房看看自己的妻子经历了多大的痛苦。如果准爸爸们看到那样的场面,他们一定会产生这样的疑问:为什么要这样?就不能换个更好的方法吗?

当今,一切技术都进步了很多:人可以移植猪的肝脏,可以把豆腐的口感弄得像肉一样,老年人吃一片壮阳药就能勃起好长时间,可是为什么生孩子的过程和一千年之前没什么变化?我要向妈妈抱怨她过去告诉我的信息全是错误的,比方说:世界上有圣诞老人,生孩子不难。不过,这样隐瞒事实的确有利于早点儿抱上孙子……

失败的含义

每一位政治家的自我宣传单上都写着:"英雄之旅——我的奋斗史!"年轻人很喜欢这类故事,也最容易相信这些故事。奥巴马做宣传期间,我甚至把奥巴马当作偶像。这类故事似乎都差不多,总是让阅读的人相信,每个人都能成为英雄。

成功的模式千篇一律,而几乎每部成功的电影用的都是极其相似的模板,比方说007系列电影。男主人公邦德得到一个任务,随即踏上旅途,在遇上一些惊险刺激的事情后,开始想尽办法解决这些危机。他可以遭人暗算,但总会在千钧一发、观众都认为他要失败的时候突然爆发,解决问题。每部电影里邦德都在战斗,从未放弃,而且一定会获得最终的胜利。

可以说，007系列电影一直按照这个模板拍摄，只不过情节越来越成熟、场面越来越宏大而已。观众看完电影离开电影院的时候，爆米花被踩得"嘎吱"作响。美好的夜晚、精彩的电影、大团圆结局！

我们自己的生活是否也能像电影一样，接到一个任务，把简历往包里一塞，突然之间就变成了英雄呢？事实上，能不能成为英雄和是否成功没什么关系，二者唯一的共同点是，它们都决定了当事人能否讲出一个情节扣人心弦的好故事。谁不想成功呢？谁不想成为英雄呢？

然而，我并不觉得复制英雄的人生故事就能让自己成功，这种一劳永逸的想法非常幼稚。当然，人人都想有一辆永远不用加油的车，可是当你真正拥有这辆车时，你就会发现，你的欲望永远也得不到满足，反而想去追求其他的东西。

成功不是那么容易的事情，就算是邦德也会在110分钟到120分钟的电影情节中遭受失败！说不定我正在经历的就是失败的那个片段，并且正在走向大团圆的结局。

在经历了9000次的失败后，爱迪生终于成功发明了电灯，爱迪生觉得自己像一个英雄还是一个失败者？斯宾塞·西尔沃是留言便条的发明者，他的成功其实是源于一次失败的尝试。他本来想发明一种超级胶水，可他不小心把橡胶和硫黄的混合粉滴在了烧热的炉子上，第二天发现硫黄将橡胶硫化了，合成橡胶就此诞生，它可硬可软，用处很广。后来，还诞生了一家享誉国际的公司，这家公司就是以他的名字命名的。尽管他的发明是如此成功，但早在1860年他就已经在孤独贫困中离世了。在他弥留之际，他会觉得自己的人生是失败的吗？

西斯托·罗德里格兹不仅是一名歌手，还是纪录片《寻找小糖人》的主演。他在相当长的一段时间里生活窘迫，唱片销量非常差。可是在南非，他竟然比猫王有名，而且他自己都不知道这个事实。他传奇的一生应该如何总结？到底是成功还是失败？

还有一些人，尽管他们有事业有家庭有房子，但还是感觉不幸福。他们是否因为物质上的满足而觉得自己很成功呢？还是因为感觉不到幸福而认为自己很失败？

表面上失败就真的是失败了吗？谁规定了失败的标准？是因为没有达到目标而感觉自己的人生很失败，还是在亲朋好友的眼里很失败？

尽管我很少失败，可我依旧被挫败感包围。这种挫败感不是真正的失败，而是失败在有挫败感这件事上。我要不要在打败挫败感这件事上做得好一些？最起码比其他人好？

我这样想一点儿都不奇怪，去年有一个调查，研究61个国家的人对于错误的容忍度，德国人排在了倒数第二。为了远离失败，人们做了很多尝试，比如美国的失败者大会。在会议上，失败的企业家会分享自己的失败经验,帮助创业者避免失败。

　　如果有人能成功排除消极的想法,不再长时间沉浸在错误中不可自拔,这自然是值得赞扬的。承认错误,就不要把幸福和是否成功挂钩,这是远离消极的方法之一。

/ 采 访 /

我：卡特琳，如果古板的指数是1到10，你认为自己的古板指数是几？

卡特琳：我不认为我古板。我只是对某些事情有很清楚的认识而已。比如：采访如何开头。采访一开始不要问接受采访的嘉宾一些棘手的问题，这样会显得不礼貌……

我：对不起……

卡特琳：我觉得"对不起"是个很不好的词儿。你说了对不起，那对方要怎么回答呢？

我：或许对方应该回答"你这个白痴"！（笑）

我：要不然我们重新开始？你认为自己是个幽默的人吗？

卡特琳：是的，我还想变得更加幽默一点儿。要是能像我的偶像金凯瑞一样做鬼脸逗大家开心就更好了……

我：金凯瑞？那我们就来谈谈金凯瑞的作品《神探飞机头》《波普先生的企鹅》，还有……《神探飞机头2》？

卡特琳：好。你在视频网站上搜索过他的成名作吗？简直太精彩了！

我：您还崇拜其他的偶像吗？

卡特琳：当然。有一段时间，我很喜欢歌手格温·史蒂芬妮穿过的那款花裙子和她烈焰红唇的造型；过一阵子，我又开始对罗克塞特乐队十分感兴趣，想剪女成员玛丽的同款发型；我还曾经想变成奥黛丽·赫本，于是剪了一个和她一样的发型，然后美滋滋地回家问爸爸："你觉得我的新发型如何？我想变成奥黛丽·赫本。"爸爸瞥了我一眼说道："嗯……有点像……不过和奥黛丽·赫本还差一点儿……"

我：格温·史蒂芬妮、罗克塞特乐队和奥黛丽·赫本……

卡特琳：等一下，还有个偶像忘了说，中学时代我最崇拜的就是歌德。他的每一句诗歌都表达出了人类最复杂的思想，切中要害，直达主题……直到现在，每当我找不到合适的语句来描述现实的时候，我就会再读一遍歌德的作品，它们总能为我提供新的思路……我还是作家马克思·弗里施的铁杆粉丝，他的作品总是能够将我带入其中。"我们对婚姻的忠诚是源于害怕换了一个伴侣依旧生活不和谐。"很颠覆性的观点，不是吗？

我：冷静地想一想的话，我觉得……

卡特琳：模特海蒂·克鲁姆也很不错。

我：是的，你现在已经渐入佳境了，那我们就谈谈海蒂·克鲁姆吧……

卡特琳：我觉得她很能干，在58度的高温下走秀，愉快地穿透视的衣服，和丈夫离婚，照顾上学的孩子们，同时主持德语和英语两个频道的节目……

我：你觉得谁还会喜欢海蒂·克鲁姆？

卡特琳：我猜那些不超过16岁、看过她书的孩子们一定会特别喜欢她的格调？

我：对……

卡特琳：还有总理安格拉·默克尔。我觉得她和海蒂一样棒。她手段强硬……

我：这些人这么特别，如何才能和周围的文化融合在一起呢？

卡特琳：拿我来说吧，我这个人在很多方面都很特立独行，比如我可以在麦当劳里毫无顾忌地大声打嗝，用这样的方法吸引周围人的注意令我很有成就感，因为之前我已经练习过很多次了。我要办家庭聚会的话，一定是用小甜甜布兰妮《中你的毒》这首歌做开场曲，用凯蒂·佩里的《我吻了一个女孩儿》做结尾曲，中间用摇滚乐。

我：法制类节目里的犯罪案例和文化，您觉得观众会更喜欢哪一个？

卡特琳：当然是文化……犯罪题材令所有人感到刺激。如果文化之旅、人文地理等节目和法制栏目相比，肯定是后者比较吸引人。除了法制类节目，文化类的节目还比不过相亲类、亲子类和寻亲类节目……

我：你觉得失望吗？

卡特琳：是的，这也是我写这本书的原因……

我：如果大家都鼓励您再出一本书，您觉得压力大吗？

卡特琳：当然。我现在压力大到已经开始不时地喝酒了。

我：您书中提到的事情在现实生活中有多少是重合的？

卡特琳：这只有我自己知道了。一半一半吧，一半真实，一半属于艺术加工。艺术加工的那部分我尽量让它看起来真实……

我：您不怕亲朋好友看了这本书后不理解您，再不愿意和您来往吗？

卡特琳：当然有些顾虑，这也是我现在总是喝酒的原因之一。

我：如果您可以选择，您会选择做什么节目的主持人？

卡特琳：《想打赌吗》这个节目。

我：您不害怕别人觉得您……

卡特琳（打断我的话）：当然害怕……我一直都有顾虑……可是总要克服这些障碍……

我：您收到《花花公子》杂志的邀请了吗？

卡特琳：没有。

我：您会觉得不高兴吗？

卡特琳：我不喜欢去拍一些那样的照片……或许……我能再喝杯咖啡牛奶吗？

我：您不怕您的观点过于片面了吗？

卡特琳：当然也怕，能给我再来根儿烟吗？

每周都是新世界。